BEINAHE ROMANTISCH

KYLIE GILMORE

Übersetzt von
ANNA DRAGO

Übersetzt von
KATRIN DOLLE

Beinahe Romantisch: © 2015 by Kylie Gilmore

Cover Design von Sweet 'N Spicy Designs

Veröffentlicht von: Extra Fancy Books

Übersetzt von: Anna Drago und Katrin Dolle

ISBN-13: 978-1-64658-075-0

1

Kate Lewis häufte bei der Weihnachtsfeier des Physikinstituts an der Universität von Chicago ihren Teller mit roten, grünen und blauen künstlich gefärbten Mini-Käsekugeln voll, während sie überlegte, wie lange sie noch so tun musste, als amüsierte sie sich. Sie wollte unbedingt diese schreckliche Strumpfhose loswerden, ins Labor gehen und sich wieder an die Arbeit machen. Jemand hatte die Weihnachts-CD von Bare Naked Ladies aufgelegt und sie entspannte sich marginal.

Die Sekretärin des Instituts hatte silberne Girlanden an der Decke drapiert, um den normalerweise sterilen Besprechungsraum festlich wirken zu lassen. Der lange Besprechungstisch war zur Seite geschoben worden, um die Hors d'oeuvres darauf zu platzieren, mit einem kleinen künstlichen Baum an einem Ende des Tisches und einer Menora mit falschen Kerzen am anderen Ende. Die Stühle waren weg, weswegen alle Physiker sich an der Peripherie des Raumes aufhielten. Sie hätte eine Theorie der molekularen Partydynamik entwickeln können, aber sie würde viel lieber zu ihrer eigenen Arbeit über Teilchenphysik zurückkehren.

„Ich habe gehört, dass die Würstchen im Schlafrock gut sind", sagte eine vertraute männliche Stimme.

Sie wirbelte herum, und Mini-Käsebällchen flogen in alle Richtungen. „Ian! Was tust du denn hier?"

Sie ließ sich gleich zu Boden fallen, um das Chaos aufzuheben und die Tatsache zu verbergen, dass sie unter einem bösartigen Anfall von Ganzkörperröte litt. Ian Furnukle, der Mann, der sie vor vier Jahren von ihrer verdammten Jungfräulichkeit befreit hatte, kniete an ihre Seite, um zu helfen. Er trug einen schwarzen Pullover, Khakis und schwarze Adidas-Sneakers. Sein Duft war holzig mit einem Hauch von Zitrus, von dem sie wusste, dass es sich um sein Parfum handelte, aber es hatte immer noch dieselbe Wirkung wie eine kühle Brise nach einem Regenschauer. Verdammt! Ihre Gedanken waren immer unberechenbar, wenn Ian in der Nähe war. Er hatte das denkbar schlechteste Timing. Er sollte nicht hier in Chicago sein. Zuletzt hatte sie gehört, dass er in Boston arbeitete.

Sein welliges braunes Haar fiel über ein Auge, und er schob es beiseite. „Hi, Kate."

„Hallo!", quietschte sie. „Warum bist du hier?" Kate konnte nicht gut mit Überraschungen umgehen.

Er war so nahe, dass es sich anfühlte, als würde er sie gleich küssen. Ihr Herz raste. Er war nicht rasiert. Als sie ihn das letzte Mal gesehen hatte, war er sauber rasiert gewesen, und sie hatte die Stoppeln vermisst. Sie schob ihre großen Schildkrötenpanzerbrillengläser mit einer zittrigen Hand zurück an ihren Platz und blickte in seine warmen braunen Augen.

Er lächelte sie schief an. „Ich bin Berater. Ich habe das Physiklabor als Auftraggeber angenommen."

Ian hatte einen Doktor in Informatik und arbeitete überall dort, wo Hardcore-Computeranwendungen benötigt wurden. Es war nicht ausgeschlossen, dass seine Dienste in einem Labor mit hohen Anforderungen an die Datenanalyse benötigt wurden. Dennoch war sie ein wenig angepisst, weil ihre ältere Schwester, Amber, nicht erwähnt hatte, dass Ian in Chicago war. Sie wusste immer das Nötigste von Ians Leben, weil Amber mit Ians älterem Bruder Barry verheiratet war.

Er legte die letzten Käsebällchen auf den Teller, erhob sich und warf sie in den Müll. Als er an ihre Seite zurückkehrte, stand sie auf gefasste, selbstbewusste Art und Weise da.

Sie streckte ihre Hand aus und schüttelte seine in einer herzlichen Geste und ignorierte das heiße Prickeln, das die Berührung auslöste. „Ian, es war wirklich schön, dich zu sehen. Ich muss jetzt gehen."

„Mache ich dich nervös?"

Sie sprach immer etwas förmlicher, wenn sie nervös war. Es war ein unglücklicher Rückfall auf ihre förmliche Erziehung. Trotz der Tatsache, dass sie Ian in den letzten vier Jahren nur hin und wieder gesehen hatte, war der eine Sommer, den sie zusammen verbracht hatten, zutiefst intim gewesen. Niemand verstand sie besser als Ian.

„Natürlich nicht." Sie glättete ihr blondes Haar und überprüfte, ob es noch in dem losen Knoten steckte, den sie heute Morgen gemacht hatte. Der größte Teil war tatsächlich noch drin. „Sei nicht lächerlich", fügte sie zur Sicherheit hinzu.

Jetzt hatte sie das Gefühl, nicht gehen zu können, oder sie würde Ians Theorie bestätigen, dass seine Nähe sie nervös machte. Also stand sie dort, unsicher, was sie mit ihren Händen machen sollte. Als wäre diese Weihnachtsparty nicht schon unangenehm genug gewesen, wenn ein Haufen Physiker herumstanden und so taten, als vergnügten sie sich. Sie legte eine Hand an ihre Hüfte und täuschte Feierlaune vor. Ian war in ihrem Leben eine Art Platzhalter. Sie prallten aufgrund der ehelichen Verbindung zwischen ihren Geschwistern in zufälligen Abständen immer wieder aufeinander. Das letzte Mal, als sie ihn vor etwa sieben Monaten gesehen hatte, war … überstimulierend gewesen.

Ian schob seine Hände in die Taschen. „Wie ist es dir ergangen, Kate? Magst du Chicago?"

„Es hat meine Erwartungen erfüllt. Und wie geht es dir?"

Er hob eine Schulter und senkte sie wieder. „Kann mich nicht beschweren."

Sie hatte gesellschaftlichen Erwartungen nachgegeben und ein dunkelgrünes Weihnachtskleid angezogen, für das sie nun insgeheim dankbar war, weil sie dadurch mehr wie eine Frau mit Kurven aussah als in ihrer üblichen Uniform aus Schlabberpulli und verblassten Jeans. Nicht, dass sie sich darum scherte, vor Ian gut zu aussehen. Es war nicht so, als wäre er ihr fester Freund. Woo! Am liebsten wäre sie zur Damentoilette entflohen und hätte diese Strumpfhose ausgezogen, die ihre Taille im Würgegriff hatte und aufgrund der zusätzlichen Schicht andere nicht aussprechbare Bereiche erhitzte. Definitiv nicht Ians wegen, versicherte sie sich, der Mann hatte sie nicht einmal berührt.

Sie schaute auf die Uhr an der Wand und war sich sicher, dass sie nur deshalb so unruhig war, weil sie schon so lange nicht mehr im Labor gewesen war. Dreiunddreißig Minuten. Das zählte definitiv als sich kurz blicken lassen und amüsieren. Mehrere ihrer Kollegen waren um Nates übermäßig großes Handy versammelt. Er spielte wahrscheinlich einen weiteren Podcast über Mörder vor, die er so gerne hörte. Der Geschmack dieses Mannes, was Unterhaltung anging, war so gar nicht ihrer. Sie war die einzige Frau im Teilchenphysik-Labor, wo sie seit etwa sieben Monaten ihres zweijährigen Postdoc-Stipendiums war. Sie hatte in experimenteller Kern- und Teilchenphysik promoviert. Nicht, dass sie die beste Freundin einer anderen Frau gewesen wäre, wenn welche dort gewesen wären. Es war wie zwei Löwen aufeinander loszulassen. Man konnte hoffen, dass sie sich zusammen-raufen oder anfreundeten oder was auch immer, aber es wäre ein völlig zufälliges Ereignis, das auf Faktoren basierte, die sie in weiblichen Beziehungen noch nicht erfasst hatte. Ihre Schwester, Amber, sieben Jahre älter, war viel besser in so etwas und hatte Kate über die Jahre beraten. Amber war Kates beste Freundin. Nicht, dass sie ihrer Schwester das jemals gesagt hätte. Einige Dinge sollten besser unerwähnt bleiben.

Ians Duft wehte über sie, und sie erkannte überrascht, dass er nun in ihren Nahbereich eingedrungen war, was bedeutete, dass er etwas Körperliches tun wollte. Ein unfreiwillig heißes Prickeln der Vorfreude durchströmte sie. Und wirklich, er nahm ihre Hand und zog sie in eine freie Ecke des Raumes. Sie riss ihre Hand zurück. Sie konnte nicht zulassen, dass ihre Kollegen sahen, wie sie Händchen mit Ian hielt. Das würde sie auf völlig falsche Ideen bringen. Ihn auch.

Und ihren Körper.

Ian brachte immer ihre lüsterne Seite zum Vorschein.

Er schob ihr eine Strähne aus dem Gesicht. „Hast du die Blumen bekommen? „Warum hast du meine Anrufe nicht entgegengenommen oder auf meine Nachrichten geantwortet?"

Ihr Timing war immer schlecht gewesen. Das erste Mal, als sie miteinander geschlafen hatten, war sie einundzwanzig Jahre alt und zu jung gewesen, um sich zu binden, sie hatte andere männliche Möglichkeiten erkunden müssen. Ian war schließlich drei Jahre lang in einer festen Beziehung mit einer Kollegin gewesen, was ihn vom Markt genommen hatte. Das endete, als die Frau ihm ein Ultimatum stellte – sie heiraten oder sie würde gehen. Ian ließ sie gehen. Kate verkniff sich ein Seufzen. Es war bedauerlich, dass Ian ein zweites Mal mit Kate geschlafen hatte, als sie im Alter von 25 Jahren gewesen war, in einem Alter, in dem man sich band, weil es genau vor ihrem Umzug nach Chicago gewesen war.

„Ich will dich nicht ermutigen", sagte sie. „Entschuldige mich. Ich habe solchen Durst."

Sie ging zurück zum langen Tisch mit der Vielzahl an weihnachtlichen Hors d'œuvres, die sie noch nicht probiert hatte, und schnappte sich einen Plastikbecher neben der Punschschale. Sie hoffte, dass niemand ihn aufgemotzt hatte, weil sie in Ians Nähe nicht die Kontrolle verlieren wollte. Ihr peinlicher Mangel an Kontrolle in seiner Nähe war ein ernsthafter Charakterfehler. Sie konnte seine Hitze an ihrem Rücken spüren, was bedeutete, dass er ihr zu nahe war.

Sie sprach über ihre Schulter. „Genau das war vor vier Jahren das Problem. Du hast dich verhalten wie ein liebeskranker – ah!" Der Plastikbecher flog davon, als er sie hinter eine Topfpflanze riss. Zum Glück hatte sie den Becher noch nicht gefüllt. Einige Köpfe drehten sich in ihre Richtung.

„Was machst du denn?", rief sie.

Er hob einen Mundwinkel. „Ich wollte etwas Privatsphäre."

„Ich würde das Stehen hinter einem Ficus nicht als privat bezeichnen." Sie deutete auf die Blätter. „Es gibt Lücken im Laub."

Ian senkte seine Stimme. „Ich denke immer noch an diese Nacht."

Sie erstarrte.

„Tust du das?"

Sie starrte wieder geradeaus. „Ich denke an vieles." Sie versuchte wirklich, nicht an diese Nacht zu denken. Es diente nur dazu, ihre Libido zu steigern, was sinnlos war, weil Ian in Boston war und sie in Chicago. Über Dinge zu fantasieren, die sie nicht haben konnte, war eine Verschwendung ihrer Gehirnleistung. Sie brauchte ihren ganzen Fokus für die Arbeit. Sie erinnerte sich daran, wann immer sie Tagträume von … dieser Nacht hatte.

Gelegentlich träumte sie auch davon und wachte in einem heißen, schmerzenden Zustand eines nahen Orgasmus auf. Eine Berührung hätte ihr den Rest gegeben. Sie verschränkte die Arme und versuchte, würdevoll zu erscheinen, selbst als sich die Hitze zwischen ihren Beinen sammelte.

Er beugte sich hinab an ihr Ohr. „Alle drei Male." Ian war eins dreiundachtzig, sie eins achtundfünfzig, und er musste sich oft zu ihrem Ohr hinunterbeugen. Nur nicht so nah in der Regel. Sie konnte spüren, wie ihr Körper weicher wurde, was für eine Physikweihnachtsfeier völlig unangemessen war. Ja, sie hatten insgesamt dreimal Sex gehabt, aber sie wusste, dass „diese Nacht", von der er sprach, das letzte Mal gewesen sein musste, weil es leider auch in ihrem Gehirn feststeckte. Sie war gleich danach eilig verschwunden.

„Es war nur ein einziges Mal", sagte sie. Ein atemberaubendes, das Paradigma veränderndes Mal.

Seine leise Stimme war so nah an ihrem Ohr, dass die Schallwellen heiße, prickelnde Schwingungen durch sie sandten, was keinen Sinn ergab, da Schallwellen mit so wenig

Dezibel *keine* Hitze produzierten. „Zweimal, um sicherzustellen, dass du keine Jungfrau mehr warst." Ihre Wangen brannten. „Und einmal, um deinen Abschluss zu feiern."

Ian war im vergangenen Mai unerwartet bei ihrer Promotionsfeier am MIT aufgetaucht, zu der er seinen Bruder und Amber mitgebracht hatte. Er überzeugte sie, diesen Abend mit einem Bier zu feiern. Er wusste, dass Bier sie lüstern machte.

Sie nahm ihre verschränkten Arme auseinander und sah ihm in die erhitzten Augen. „Ian, das ist ein unangemessenes Gespräch für eine Weihnachtsfeier."

„Zeig mir dein Labor."

Sie rührte sich nicht.

Seine Stimme fiel auf ein niedriges, kratzendes Register, das ihren Magen flattern ließ. „Und dann erzähl mir detailliert alles über deine Forschung."

Sie schluckte kräftig. Sie musste bei Ian standfest sein, weil er sie zu gut antörnen konnte. Was eine sehr schlechte Idee angesichts ihrer aktuellen Situation war. „Das willst du nicht hören." Sie verschränkte wieder ihre Arme und bemühte sich, nicht dahinzuschmelzen. „Du versuchst bloß, mich zu verführen."

Sie trat hinter der Pflanze hervor. Ian ergriff ihre Hand und zog sie in den Flur. „Wo lang?", fragte er.

„Links", sagte sie automatisch. Sie zog ihre Hand aus seinem warmen Griff und entspannte sich erheblich, jetzt, da sie nicht mehr im künstlich weihnachtlichen Besprechungsraum festsaß. Der Flur war aufgrund der verminderten Zahl an Wärme ausstrahlenden Körpern kühler, und Ian hatte endlich verstanden, dass sie etwas mehr Platz brauchte.

„Arbeitest du am Teilchenbeschleuniger?", fragte Ian im Gehen.

Jetzt bewegte sie sich in vertrauten Gefilden. „Ja."

„Irgendwelche publizierbaren Ergebnisse?"

„Gerade ist ein Paper von mir in *The Journal of Experimental and Particle Physics* angenommen worden, zu der direkten Messung der Gesamtzerfallsbreite des oberen

Quarks." Sie hielt vor der Tür an und deutete dorthin, wo sich der riesige Teilchenbeschleuniger befand. „Das ist er."

Er sah hinein und stieß einen leisen Pfiff aus. Er drehte sich zu ihr zurück. „Zeig mir auch dein Büro."

Das war für sie in Ordnung. Sie hatte einen bequemen, weiten Pullover und kaputte Jeans, die dort für die Zeit nach der Party verstaut waren. Sie machte eine Kehrtwende und ging den Weg zum Gebäude nebenan voraus. Die kalte Winterluft fühlte sich auf ihrem kurzen Spaziergang erfrischend und belebend an. Ian folgte ihr in ihr kleines fensterloses Büro mit einem Schreibtisch, einem Computer und einem Aktenschrank. Die Wände waren schlicht weiß und der Boden ein schmuddeliges gesprenkeltes Linoleum, das sie immer an verstreute Photonen erinnerte. Die einzige persönliche Note war ein Original-Aquarell, das an der Wand gegenüber von ihrem Schreibtisch hing und auf dem ein Drache eine rosa Wolke ausstieß. Es war ein Abschlussgeschenk von Amber, die eine erstaunliche Aquarellkünstlerin war. Das Gemälde inspirierte sie dazu, ihre Fantasie zu erweitern, wenn sie in Gleichungen feststeckte, um nach neuen und anderen Wegen zu suchen, das Universum zu erklären.

Sie drehte sich um und wollte Ian gerade schon bitten, ihr einen Moment zum Umziehen zu geben, als es im Raum dunkel wurde. „Ian! Schalt das Licht wieder ein!"

Die Tür klickte zu. „Nicht, bevor du mir nicht ein paar Fragen beantwortet hast."

Sie überlegte, ob sie es im Dunkeln zur Schreibtischschublade schaffte, wo sie ihre Handtasche mit ihrer praktischen Taschenlampe an einer Kette abgelegt hatte. Doch dann hielt Ian ihre Hände im warmen Griff, was sie irgendwie am ganzen Körper wärmte. „Okay, was?", fragte sie.

„Mit wie vielen Männern hast du in den letzten vier Jahren geschlafen?" Auch wenn das eine sehr intime Frage war, war das für ihre Unterhaltungen im normalen Rahmen. Sie sprachen über alles und jeden. Ian war anfangs ganz hilfreich darin gewesen, ihr Dinge sexueller Natur zu erklären, bevor sie herumexperimentiert hatte. Und doch, aus dieser

Unterhaltung konnte mit Leichtigkeit ein Vorspiel werden, vor allem in der privaten Dunkelheit ihres Büros. Ian konnte gut schmutzig reden, war in der Lage, ihre Libido mit alarmierender Geschwindigkeit in die Höhe zu treiben.

„Du bist nicht mein Freund", sagte sie. „Du hast mir keine Fragen über meine sexuelle Vergangenheit zu stellen."

Sein Daumen streichelte über die empfindliche Innenseite ihres Handgelenks, und ihr Puls raste. „Mit mir."

Sie hielt den Atem an. „Ich sehe einfach keinen Sinn in dieser Frage."

„So viele, was? Zwanzig, dreißig?"

„Nein! Fünf!" Sie konnte Ungenauigkeiten wirklich nicht leiden, vor allem nicht bei Zahlen. Das war wie Fingernägel auf einer Tafel für sie.

Er drückte vorsichtig ihre Hand. „Fünf. Mit mir. Hast du dir die Hörner abgestoßen, Kate?" Sie konnte das Lächeln in seiner Stimme hören, was sie störte, denn die Zahl vor seiner langen Beziehung war vermutlich viel größer.

„Schätze schon." Nachdem sie das erste Mal miteinander geschlafen hatten, hatte sie ihm gesagt, dass sie sich in der Graduiertenschule die Hörner abstoßen wollte, doch in Wirklichkeit waren die Männer, mit denen sie zusammen gewesen war, ziemlich enttäuschend gewesen. Keiner von ihnen hatte ihr den ausgewachsenen Boogie-Orgasmus verschafft, auf den sie gehofft hatte, das wäre eine Zehn in ihrem Bewertungssystem gewesen. Als sie noch Jungfrau gewesen war und sich danach gesehnt hatte, keine mehr zu sein, hatte Ian ihr das mit dem ausgewachsenen Boogie mal erklärt. Es war ganz natürlich zu diesem Thema gekommen, als sie die Ekstaseschreie von der anderen Flurseite gehört hatten, wo ihre jeweiligen Geschwister, Amber und Barry, wie die Karnickel rammelten. Sie und Ian waren oft aus dem Apartment geworfen worden, damit ihre Geschwister Nacktzeit miteinander verbringen konnten, und hatten in jenem Sommer deswegen viel Zeit miteinander verbracht.

„Und in deinem Bewertungssystem von eins bis zehn, wie würdest du diese Männer beurteilen?", fragte Ian und verflocht seine Finger mit ihren. „Zehn ist ein ausgewachsener Boogie."

Sie wurde rot und riss ihre Hände aus seinem Griff. „Ian, diese Unterhaltung ist jetzt vorüber." Die Art, wie er intuitiv wusste, was in ihrem Kopf vor sich ging, war nervtötend. Vor allem, weil sie immer raten musste, und für gewöhnlich daneben lag, was jemand anderes gerade dachte. Vorsichtig schob sie sich an ihm vorbei und schaltete das Licht wieder an. Sie blinzelte wie eine Eule.

„So schlecht, wie?", fragte er. „Nur Dreien und Vieren oder, ooh –" Seine Stimme wurde mitleidig „– richtig *Jämmerliche*?"

„Überhaupt nicht! Der Mittelwert liegt bei Sieben Komma zwei."

Er beugte sich vor und sprach die nächsten Worte direkt in ihr Ohr, sein Atem rauschte heiß über ihre Haut, und ihre Knie wurden weich. „Und was war ich?"

Sie wand sich, denn die Wahrheit würde sie nur in tiefere Schwierigkeiten bringen. Sie hielt sich an eine Formsache fest. Wenn sie den Ausreißer beiseiteließ, den vom Bier angetriebenen Sex nach ihrem Abschluss, und sich auf die Entjungferung konzentrierte, hatte sie eine gute Antwort. „Ich hatte ja keine Vergleichsmöglichkeit zu dir, also kann man keine relevante Skala oder irgendein Bewertungssystem anwenden."

Er löste sich von ihr und sah ihr in die Augen. „Zehn?"

„Eine solide Acht." Sie war gezwungen, das der Genauigkeit zuliebe zuzugeben.

Er neigte den Kopf. „Warum keine Zehn?"

„Eine Zehn erfordert Dinge, die man in Sachen Stimulation oder Erotik bei einer Jungfrau nicht erwarten kann ..." Als sie den erhitzten Blick in seinen Augen sah, sprach sie nicht weiter, hatte irgendwie das Gefühl, als wäre ihr die Unterhaltung entgleist. Sie wedelte sich Luft zu, fühlte sich plötzlich überhitzt. „Ich wünschte, ich hätte ein Fenster." Eine nette kühle Winterbrise wäre jetzt großartig.

Er beugte sich vor, und ihre Körpertemperatur schoss erneut in die Höhe. Es war so unangenehm, wie er sie aus einem netten, gemütlichen Ruhezustand auf Vollgas brachte. „Du vergisst das letzte Mal, dass wir zusammen waren."

Das war definitiv eine Zehn gewesen, doch sie wollte ihn *nicht* ermuntern. Aus einem sehr legitimen Grund. Den würde sie ihm erst sagen, wenn sie erfuhr, wie sie abgeschnitten hatte.

„Und wie bewertest du all die Frauen, mit denen du geschlafen hast?", fragte sie unbekümmert.

Seine braunen Augen funkelten amüsiert. „Du bekommst eine Zehn, auch wenn es das erste Mal war."

„Oh!" Sie kicherte. „Eine Zehn! Ich – du schmeichelst mir." Sie kicherte, wie es für sie ganz untypisch war, und glättete ihr Haar. „Ich war so unerfahren. Ich wusste ja nicht einmal, was ich tat."

„Du warst offen und ehrlich, und du hast mich tun lassen, was auch immer ich wollte." Seine Finger schoben sich in ihr Haar, umfassten ihren Kopf mit einer großen Hand. Ihr stockte der Atem, doch sie schien sich nicht wegbewegen zu können. „Und ich habe festgestellt, dass Sex nur mit der richtigen Person etwas Besonderes ist. Kate, du bist diese richtige Person für mich."

„Ian", sagte sie nervös, „Ich — ich weiß nicht, warum du das sagen solltest. Ich war eine bekloppte verzweifelte Jungfrau. Und beim letzten Mal war ich betrunken."

„Nein, du warst nur von einem Bier angeheitert." Sein Mund strich über ihr Ohrläppchen, während er mit leiser, rauer Stimme sprach. „Und die Jungfrauensache, nun, es war ein Privileg, dein Erster zu sein."

Sie erbebte. „Oh."

Er zog sich zurück und sah ihr mit heißem Blick in die Augen. „Ich werde dich jetzt küssen."

„In meinem Büro?", fragte sie dümmlich.

„In deinem Büro", bestätigte er.

„Warum?", fragte sie leise und mit einer Stimme, die selbst in ihren Ohren wie eine Einladung klang. Das war eine sehr schlechte Idee. Doch seine Hand war so warm und groß

und stark, wie sie ihren Kopf in köstlicher Vorfreude zurück-
beugte. Und er roch so gut.

„Falsche Frage." Sein Blick wanderte zu ihrem Mund.
„Frag lieber, wie lange ich dich küssen werde."

„Ian", hauchte sie.

Sein Arm legte sich um ihre Taille, und mit einem kurzen
Zug brachte er sie dazu, sich zu ihm vorzubeugen. „Solange
du zustimmst, dir eine Zehn zu geben."

Sie schmolz gegen die Hitze und Stärke seines Körpers,
und doch schrie eine Stimme in ihrem Kopf, sie solle protestieren. Es gab ein kleines Problem in dieser Experimentier-
reihe. „Ian –"

Sie wurde unterbrochen, als seine Lippen ihre trafen, heiß
und fordernd, und diese elektrifizierende Chemie, die immer
aufkam, wenn er sie küsste, schoss geradewegs durch ihren
Körper, ließ sie nicht mehr klar denken, eine segensreiche
Pause von ihrer ständigen Startenergie. Nur Ian brachte sie
dazu, die Welt zu vergessen und sich in dem Moment zu
verlieren. Sie packte seinen Pullover, während er ihren
Hintern umfasste und sie auf Zehenspitzen zog, seinen
langen, schlanken Körper an sie drückte. Der Kuss ging
immer weiter, und sie ließ einfach los, war verloren in dem
Gefühl seines Mundes, der ihren forderte, seinem Geschmack,
seinem Duft. Nichts spielte eine Rolle, außer der Hitze, die sie
einnahm, sie schmerzen und sich daran erinnern ließ, was sie
zusammen hatten.

Er hob seinen Kopf, als sie versuchte, auf seinen Körper zu
klettern, ein Bein gehoben und um ihn geschlungen. Mit
warmem Lächeln sah er ihr in die Augen. „Lass uns gehen."

Sie nahm ihr Bein herunter und ließ seinen Pullover los,
glättete ihn. Und dann war sie gezwungen, eine sehr unvor-
teilhafte Tatsache einzugestehen, die ihre Theorie bestätigte,
dass ihr Timing niemals richtig sein würde. „Ich habe einen
Freund."

2

Vor vier Jahren …

Kate war eine notgeile einundzwanzig Jahre alte Jungfrau.
Und sie war entschlossen, diesen Status heute Abend zu
ändern. Es war wirklich nicht fair, dass sie die letzten sieben
Wochen damit verbracht hatte, ihrer älteren Schwester,
Amber, zuzuhören, wie sie es mit ihrem Freund, Barry, trieb.
Sie wollte nicht zuhören. Sie waren in Nullkommanichts in
Fahrt, und sie konnte kaum schnell genug aus der Wohnung
hinauskommen. Sie verbrachte den Sommer zwischen
College und Graduiertenschule bei ihrer Schwester. Und
direkt auf der anderen Seite des Flurs war ein geeigneter,
erfahrener 24-jähriger *Mann*.

Ian war viel mehr ein Mann als jeder der Jungen, mit
denen sie in ihren kurzen drei Jahren auf dem Campus zur
Hochschule gegangen war. Er war groß mit breiten Schultern
und großen Händen, die sie verzweifelt an sich haben wollte.
Nicht nur das, er hatte eine tiefe, maskuline Stimme, regel-
mäßig einen Dreitagebart und ein unbeschwertes Selbstbe-
wusstsein, das ihr sagte, dass er genau wissen würde, was er
im Schlafzimmer zu tun hatte. Außerdem hatte Amber ihr
gesagt, dass Ian ein Playboy sei und mit vielen Frauen in den
Informatik-, Physik- und Ingenieurinstituten des MIT

geschlafen habe. Das bedeutete, dass sie sein Typ war, und er wusste genau, was er mit einer Frau wie ihr machen sollte. Das Problem war, dass Ian Barrys jüngerer Bruder war, der den Sommer in Barrys Wohnung verbrachte, und damit war er tabu. Laut Amber. Und Barry. Niemand wollte, dass der Playboy Ian die unschuldige Kate anfasste, außer Kate selbst.

Als sie das erste Mal Zeit miteinander verbracht hatten, während bei ihren Geschwistern die Laken glühten, hatte sie ihm gesagt, dass sie sich für die Ehe aufsparen würde, weil sie nicht wollte, dass er dachte, sie sei ohne triftigen Grund ein völlig unerfahrener Esel. Er hatte gesagt, dass er das respektierte. Er bot ihr ein Bier an, und sie saßen zusammen auf dem Sofa, schauten sich das Sox-Spiel an und sprachen. Zumindest schaute er sich das Sox-Spiel an, sie beobachtete ihn. Sie hatte noch nie zuvor mit einem älteren, gutaussehenden Mann rumgehangen und ihn heimlich gemustert. Er war schlank mit welligen braunen Haaren, die oft über ein Auge fielen. Seine Augen waren dunkelbraun. Er hatte einen stoppeligen Kiefer, den sie gern berührt hätte, nur um ihn zu streicheln, ein spontanes Lächeln und ein sanftes Benehmen, das sie sich entspannen ließ und ihr das Gefühl gab, dass sie tatsächlich cool genug wäre, um mit ihm Zeit zu verbringen. Und er war auch noch klug, auf halbem Weg zu einer Promotion in Informatik, was für sie genauso antörnend war. Das Gehirn und die Männlichkeit machten ihn zum vollkommenen Gesamtpaket.

In der ersten Nacht sprachen sie über Mathematik und Computer, und sie fühlte sich so beschwipst und, ja, lüstern vom Bier. Sie hatte nie Bier im College getrunken, weil sie mit ihrem Studium zu beschäftigt gewesen war. Sie hatte in drei Jahren ein Doppelstudium in Mathematik und Physik mit den höchsten Auszeichnungen absolviert.

Ian lächelte sie unentwegt an, während sie sprachen. Ihre Libido kurbelte immer höher. Sie beendete ihr zweites Bier, und ihre Hormone waren auf einem allzeit summenden Hoch. Sie zog das Band aus ihren Haaren, schüttelte ihren üblichen Knoten aus und machte schließlich den ersten

Schritt, legte ihre Hand auf seinen Oberschenkel und streichelte nach innen. Das hatte sie schon einmal in einem Film gesehen.

Sein Kopf zuckte vom Fernseher weg zu ihr, seine braunen Augen ganz weit. Und dann legte er seine große Hand auf ihre und hielt sie still.

„Möchtest du etwas tun?", fragte sie, unsicher, wie sie ihre Bitte formulieren sollte, er solle ihr ihre Jungfräulichkeit nehmen.

Er sah sie sehr ernst an, und für einen Moment stiegen ihre Hoffnungen. Dann drückte er leicht ihre Hand und schob sie von seinem Bein. „Ich respektiere dich zu sehr, um … etwas zu tun."

„Du darfst aber!"

Seine Lippen formten eine grimmige Linie. „Das ist das Bier, das aus dir spricht. Ich weiß doch, dass du dich aufsparst. Also, danke, aber nein danke." Er ging wieder dazu über, sich das Spiel anzusehen, und sie saß dort, vollkommen beschämt und den Tränen nahe. Sie weinte nie, niemals. Schließlich konnte sie die Demütigung seiner Ablehnung nicht mehr ertragen und eilte zurück über den Flur in die Sicherheit der Wohnung ihrer Schwester.

„Hey, wohin gehst du?", rief er. „Das Spiel ist doch noch nicht vorbei!"

Sie hatte ihrer Schwester etwas vorgeheult, die ihr versicherte, dass sie eines Tages einen besonderen Menschen finden würde, und dann mit ihr Klamotten shoppen gegangen war, die sie für das andere Geschlecht attraktiver machen würden. Denn, so Amber, Kates übliche überdimensionalen, ausgeleierten T-Shirts und ausgefransten Jeans versteckten ihren Körper. Sofort zog ihre neue Kleidung – Neckholder und kurze Röcke – Ians Aufmerksamkeit auf sie. Aber sie war durch seine Ablehnung noch verletzt und ignorierte ihn zuerst. Er hatte sich zurückgezogen und ging wieder dazu über, freundlich zu sein, was *nicht* die beabsichtigte Wirkung war. Sie andererseits ging dazu über, den Sommer-Schlafanzug ihrer Schwester zu tragen, der praktisch durchsichtig war (kurzärmeliges Oberteil mit Shorts), und trug keine Unterwäsche. Und obwohl sie wusste, dass sie seine Aufmerksamkeit hatte, verhielt Ian sich frustrierender Weise immer noch so, als ob sie nur Freunde wären, die miteinander rumhingen. Nachdem sie Ian sieben Wochen als Freund kannte, wusste sie zwei Dinge: 1) Sie vertraute ihm implizit und 2) Ihr wurde überall heiß dort, wo sie einander versehentlich berührten. Das war genug. Es gäbe keinen besseren Kandidaten. Es gäbe keine bessere Zeit.

Als Kate in die Wohnung zurückgekehrt war, spät in jener Nacht, die bald darauf nur noch Die Defloration hieß, nachdem sie den Abend in einem nahegelegenen Buchladen herumgestöbert hatte, hatte sie festgestellt, dass Amber früh zurückgekehrt war und tief und fest schlief. Das bedeutete, dass es niemanden gab, der Kate stoppen konnte und versuchen würde, es ihr auszureden. Kate hatte sogar in das Zimmer ihrer Schwester geschaut, um sicher zu sein, dass Amber schlief. Sie schnappte sich den rosa Satinmorgenmantel ihrer Schwester und kehrte ins Wohnzimmer zurück. Dann textete sie Ian, dass sie gerne abhängen würde. Er erwiderte: *Komm her*. Sie schrieb ihm noch einmal und fragte, wo Barry sei, weil er nicht bei Amber war, und das Letzte, was sie brauchte, war, dass er sah, was Ian zu sehen bekommen würde.

Er schläft, schrieb er zurück.

Es war seltsam, dass Amber und Barry schon früh getrennt schlafen gegangen waren, aber sie hatte keine Zeit damit verbracht, darüber nachzudenken, weil sie kurz vor der Überquerung in die Welt des Vergnügens stand. Schnell zog sie sich nackt aus, zog den Morgenmantel an und schüttelte ihr Haar aus. Sie ließ ihre Brille da und hoffte, dass sie erfolgreich von Punkt A nach Punkt B kommen konnte, ohne in etwas Scharfes oder Spitzes zu treten. Sie konnte nur Dinge sehen, die sehr nahe waren, so wie sie hoffte, dass Ian es für den Rest des Abends sein würde.

Sie verließ leise die Wohnung, ging durch den Flur und

klopfte vorsichtig. Ian öffnete die Tür und schenkte ihr sein entzückendes, schiefes Lächeln. „Hey."

„Hi!" Sie trat ein und ließ den Morgenmantel fallen. „Nimm mich, Ian."

Ihm fiel die Kinnlade herunter, und dann hob er den Morgenmantel auf und verhüllte sie, hielt ihn vor sie und an ihren Schultern fest. „Ich dachte, du sparst dich auf."

Er war so nahe, dass sie tatsächlich die Stoppeln an seinem Kiefer sehen konnte. Sie wollte unbedingt, dass er sie küsste, um das raue Kratzen an sich zu spüren.

Sie hob ihr Kinn. „Tue ich nicht."

Er sah ihr in die Augen. „Warum hast du es dann gesagt?" Immer noch keine Bewegung auf sie zu.

Ihr Vertrauen sank, und sie gab widerwillig zu: „Weil ich nicht wollte, dass du weißt, dass mich niemand wollte, weil ich nicht …" Sie schluckte kräftig. „… schön bin." Sie wusste, dass sie das nicht war. Sie war nur ein nerdiges Mädchen mit unordentlichen Haaren und Brille und null Sinn für Mode. Eine Träne entkam, und dann nahm Ian seinen Griff von ihren Schultern, der Morgenmantel fiel auf den Boden, und seine Arme legten sich um sie. Sie sank in seine Umarmung.

„Das ist eine verdammte Lüge", sagte er. „Du bist schön." Er wischte die Träne auf ihrer Wange ab und küsste sie. Seine großen warmen Hände umfassten ihr Gesicht, als der Kuss inniger wurde und ein Feuer zwischen ihnen entfachte. Ihr Kopf war zum ersten Mal schockierend leer, als sein Mund ihren für sich beanspruchte. Er knabberte an ihrer Unterlippe, worauf sie keuchte, und seine Zunge stieß nach innen. Sie war in ihrem Leben noch nie so geküsst worden. Sie klammerte sich an sein Hemd, um nicht umzufallen, weil ihre Knie nachgaben. Seine Hände streichelten über ihren ganzen Körper, ihre Schultern, ihre Arme, ihre Hüften, ihre Seiten, und schließlich hielten sie inne, um ihre Brüste zu umfassen. Sie stöhnte, als er mit seinen Daumen über ihre Brustwarzen streichelte.

„Kate", knurrte er, lehnte sich nach unten und saugte einen harten Nippel in seinen Mund.

Hitze überflutete sie. Sie war bereit, weit mehr als bereit. Legte ihre Hände in sein Haar. „Bitte, Ian, beeil dich und nimm mich." Sie zog an seinem Hemd, und er zog es sich aus.

Er küsste sie wieder. „Wir haben keine Eile."

„Nimm mir einfach meine verdammte Jungfräulichkeit!"

Sein Mund klatschte auf ihren, und sie war begeistert über den Sieg. Seine Hand tauchte zwischen ihre Beine, und sie stöhnte und stieß gegen seine Hand. Sie riss ihren Mund von seinem. „Bitte, bitte", sang sie. Sie konnte nicht mehr warten. Sie musste es jetzt tun.

Und dann riss er sich die Kleider vom Leib. Seine Erektion ließ sie für einen Moment zweifeln, weil sie zierlich war, und das war er definitiv nicht. Dann küsste er sie wieder, seine Hände streichelten sie am Rücken hinab zu ihrem Hintern, und er drückte sie an sich. Sie war von der verführerisch nahen Berührung wie verrückt und küsste ihn mit wilder Hingabe, ihre Hände suchten nach dem, was sie brauchte, und sie führte ihn zu sich. Er hielt ihre Hand fest und senkte seine Stirn auf ihre. „Bist du dir auch sicher deswegen, Kate?"

„Ja! Beeil dich!"

Er warf eine Decke über das Sofa, wo er den ganzen Sommer geschlafen hatte, und deutete darauf. Sie eilte hinüber, spreizte ihre Beine und wartete. Er packte ein Kondom aus einer Reisetasche in der Nähe, rollte es über und ließ sich zwischen ihren Beinen nieder. Endlich.

„Jetzt!", verlangte sie.

Und er hörte auf sie. Langsam, oh so langsam, schob er sich in sie hinein und beobachtete sie. Ihre Lippen öffneten sich, und sie schloss die Augen und wartete auf den guten Teil. Er hielt inne und küsste sie vorsichtig.

„Beeil dich", sagte sie ihm, packte seinen Hintern und zog kräftig, was überraschenderweise funktionierte. Er stieß ganz hinein, und sie schrie bei dem scharfen Schmerz.

„Ich habe versucht, langsam zu machen." Er küsste sie, lenkte sie von den verblassenden Schmerzen ab, seine Zunge tauchte ein und ließ sie schmelzen. Sie fuhr mit ihren Fingern durch seine weichen Haare und entspannte sich bei seinen wundervollen Küssen. Nach einer Weile hob er den Kopf. „Geht es dir gut?"

„Wann wird es gut?", fragte sie.

Er stöhnte. „Jetzt." Er begann sich zu bewegen, und es wurde besser, und obwohl er es mit reichlich gutem Pumpen und heißen Küssen versuchte, hatte sie keinen Orgasmus, wie sie gehofft hatte. Er schon, und er stöhnte dabei an ihrem Hals.

Er streichelte ihr die Haare, während er noch in ihr war. „Wie war es für dich?"

„Ich hatte keinen Orgasmus."

„Du hattest es so eilig. Ich hatte keine Zeit."

Sie tätschelte seine Schulter. „Vielen Dank, Ian. Ich schätze deine sanfte, aber feste Initiation sehr. Wenn du einfach dein Gewicht von mir heben könntest, werde ich gehen."

Er lächelte an ihrem Mund und küsste sie erneut. „Du musst über Nacht bleiben. Deine Initiation ist erst abgeschlossen, wenn du etwas mehr getan hast. Am Morgen werde ich dafür sorgen, dass deine Jungfräulichkeit vollständig verschwunden ist."

„Sie ist weg."

„Beweg dich nicht." Er zog sich heraus, kümmerte sich um das Kondom und kehrte zum Sofa zurück, legte sich mit ihr auf die Seite, sodass sich seine Vorderseite an ihren Rücken schmiegte. Überraschenderweise passsten sie trotz ihres Größenunterschieds wie ein Messlöffelset zusammen. Er schnappte sich eine weitere Decke von der Rückseite des Sofas und deckte beide zu. „Ich zeig dir am Morgen, was ich meine. Du brauchst mehr Erfahrung." Er küsste sich ihren Hals entlang, der wie verrückt prickelte. „Beim zweiten Mal wird es besser."

„Bist du dir sicher?"

„Positiv."

„Wie ein voller Boogie-Orgasmus?" Sie wollte wirklich, wirklich wissen, wie sich das anfühlte. Allein hatte sie nur durchschnittliche.

„Genau so."

Sie glaubte ihm. Und es stimmte, dass sie wirklich mehr Erfahrung brauchte. „Okay."

Sie wachte am nächsten Morgen auf, als Ian ihren Hals küsste. Er lag oben auf ihr, und sie kicherte, als er an ihr knabberte. Und dann hörten sie die Schlafzimmertür sich öffnen und Schritte. Sein Bruder Barry musste aufgewacht sein. Ian biss auf der anderen Seite in ihren Hals, und sie schlug ihm auf die Schulter. Sie hatte gehofft, dass, wenn sie sich nicht bewegten, Barry denken könnte, dass nur Ian hier drunter lag. Die Decke wurde von ihren Köpfen weggerissen. Glücklicherweise bedeckte Ian ihre Blöße mit seinem Körper.

„Kate!", rief Barry.

Sie zog die Decke zurück über sie beide. „Erzähl es Amber nicht."

„Ian", knurrte Barry.

„Geh einfach, Brüderchen. Himmel!"

Barry ging, und Ian machte sich wieder daran, sie zu küssen. Er küsste sie eine lange Zeit, ihren Hals hinunter, über ihr Schlüsselbein, ihre Brüste. Sie hatte nicht gewusst, dass ihre Brüste so empfindlich waren, und als er kräftig an einem Nippel saugte, hoben sich ihre Hüften von selbst. Es war wie eine direkte Linie pochenden Vergnügens zu ihrer Leistengegend. Nachdem sie gründlich erregt war, stöhnte und nach ihm griff, dachte sie, sie würden es tun, aber dann küsste er sich ihren Körper hinunter, ließ sich zwischen ihren Beinen nieder und küsste sie, wo noch nie jemand seinen Mund hingelegt hatte.

Sie zuckte gegen ihn. „Was machst du denn?"

Er hob seinen Kopf. „Ich helfe dir, den Rest deiner Jungfräulichkeit zu verlieren."

„So?"

„Schh, ja." Und dann machte sein Mund köstlich schmutzige Dinge, die Schockwellen durch sie jagten. Sie stöhnte laut, unfähig, bei dem unglaublichen Vergnügen zu schweigen. Ihre Nägel gruben sich in seine Schultern, als er sich an ihr labte.

„Nicht aufhören, nicht aufhören, nicht aufhören", sang sie.

Er machte weiter, und es wurde schnell intensiv, der Druck baute sich unerträglich auf. Sie würde noch sterben, wenn sie nicht Erlösung fand. Sie wimmerte inkohärent.

Er hob den Kopf und sagte: „Komm, komm für mich."

Ein Nervenkitzel durchzog sie bei seinem anzüglichen Gerede, auch wenn sie entschied, dass es nicht möglich war – ihr Geist machte wieder dicht, als sein Mund Magie wirkte, und sie brach hilflos gegen ihn, während das Gefühl durch ihren ganzen Körper strahlte. Er machte weiter und wrang jeden letzten Lusttropfen aus ihr, bis sie ruhig dalag, vollkommen erledigt. Sie hatte sich davon kaum erholt, als er wieder in sie stieß. Und obwohl es beim zweiten Mal angenehmer war, hatte sie keinen Orgasmus. Sie musste zu dem Schluss kommen, dass Sex mit ihm einfach nur in Ordnung war. Kein Full-Tilt-Boogie. Außer der Sache mit dem Mund. Aber das war kein wirklicher Sex.

Als sie fertig waren, hielt Ian sie wieder fest, aber sie musste wirklich gehen. Sie hatte ihre Mission erfüllt und war nun eine erfahrene Frau, die bereit war, es mit der männlichen Bevölkerung des MIT aufzunehmen. Eine ganz neue Welt erwartete sie.

Sie erhob sich und legte sich den Morgenmantel um. „Bis bald", sagte sie.

„Komm später vorbei", sagte er.

„Vielleicht. Ich muss auch noch weiter arbeiten."

Er stand auf, ging zu ihr und legte seine Hände leicht an ihre Hüften. „Ich will dich wiedersehen."

„Vielen Dank, Ian. Ich möchte nicht, dass du einen falschen Eindruck bekommst. Ich bin dir dankbar, aber ich bin erst einundzwanzig und bin im Begriff, zur Graduiertenschule aufzubrechen. Ich kann nicht Wasserstoff sein."

„Nur mit einem Typen?"

„Ja." Sie wusste, dass er es verstehen würde. „Ich muss offen bleiben für andere männliche Möglichkeiten."

„Dir die Hörner abstoßen?"

„Auf gewisse Weise ja." Sie ging, und er ließ sie, doch obwohl sie sich sehr klar ausgedrückt und sich bei ihm bedankt hatte, war er mit ihr nicht ganz fertig. Mit einem Welpenblick folgte er ihr überall hin, bis sie beide zur Uni gingen. Bis dahin hatte er es verstanden, und sie dachte, mit einer Mischung aus Erleichterung und einer seltsamen Sehnsucht, dass das das Ende von ihr und Ian war.

3

Heute…

Ian trat nach dem Kuss, auf den er sich seit Monaten gefreut hatte, von Kate zurück. „Was meinst du damit, du hast einen Freund?"

Sie setzte ihre Brille ab und reinigte sie eifrig am Saum ihres Kleides, was ihm einen Blick auf einen wohlgeformten Oberschenkel gab. Er riss das Kleid wieder herunter, und sie funkelte ihn an, bevor sie die Brille wieder an ihren Platz schob. „Ich habe einen Freund. Was verstehst du daran nicht?"

„Warum hast du zugelassen, dass ich dich küsse? Ich habe dich gewarnt."

Sie presste die Lippen aufeinander. Er wusste, dass sie nicht lügen würde. Sie legte penibel Wert auf Genauigkeit. „Meine Libido hat mein Gehirn verwirrt. Ich gebe deinem Parfüm die Schuld an dem Kurzschluss."

Er rieb sich den Nacken. „Ist es ernst mit diesem Kerl?"

Sie neigte den Kopf. „Ich habe Dr. Cooper vor zwei Monaten in der Notaufnahme kennengelernt. Ich hatte mir die Hand verbrannt bei dem Versuch, Kirschen zu flambieren. Frag nicht. Dr. Cooper, ich meine Christopher, hat verrückte Arbeitszeiten, also haben wir es bislang nur geschafft, zu sechs Dates zu gehen." Sie sah nachdenklich aus. „Es gab noch keine Erwähnung des L-Wortes, also müsste ich sagen, es ist eine Beziehung mit Potenzial für etwas Ernsthaftes, wenn wir mehr Zeit zusammen verbringen würden."

Er kam zum wichtigsten Punkt. „Hast du mit ihm geschlafen?"

„Ja."

Das traf ihn dort, wo es zählte. Die Ehrlichkeit war ein zweischneidiges Schwert. Er ging zu ihrem Schreibtisch, setzte sich und versuchte zu entscheiden, was hier das Richtige sei. Sie hatten im vergangenen Mai miteinander geschlafen, nachdem sie ihren Doktortitel erhalten hatte. Er hatte gedacht, dass das Timing endlich richtig war. Er hatte seine Trennung mit Morgan überwunden (nach einer dreijährigen Beziehung); Kate war endlich mit der Uni fertig. Er wusste, dass sie nach ihrem ersten Semester das Interesse an Männern zugunsten ihres Studiums verloren hatte, auch wenn Kate die Graduiertenschule als ihre Zeit sah, sich die Hörner abzustoßen. Doch dann war er mit Morgan zusammen gewesen. Aber er hatte Kate nie vergessen, wie konnte er das? Sie waren im Laufe der Jahre wegen ihrer verheirateten Geschwister immer wieder zusammengebracht worden. Und wenn er ganz ehrlich war, obwohl er Morgan geliebt hatte und der Sex gut gewesen war, war die Chemie, die er mit Kate hatte, nie getoppt worden. Zum Teufel, er hatte nach ihrem ersten Mal mit ihr zusammen sein wollen, aber sie war zu jung gewesen und nicht bereit für mehr. Etwas, das er schmerzlich akzeptiert hatte, weil er zum ersten Mal in seinem Leben wirklich eine Beziehung wollte.

Bei Kate zu sein, hatte ihn verändert.

Er war damals ein bisschen ein Playboy gewesen, ein Love'em und leave'em Typ. Er hatte noch nie Zeit damit verbracht, nur zu reden, um eine Frau wirklich kennenzulernen, so wie er es den Sommer getan hatte, als sie einander kennengelernt hatten. Er hatte in der Wohnung seines Bruders gewohnt, während er eine Pause von der Graduiertenschule machte; sie hatte mit ihrer Schwester auf der anderen Seite des Flurs gewohnt, nachdem sie gerade das College abgeschlossen hatte. Sie sprachen über alles, von mathematischen Entdeckungen, die für die Informatik relevant waren, bis zu dem Grund, warum jemand beim Sex schrie, wovon sie ganz vernünftig forderte, dass es nur eine angenehme Sache sein sollte. Sie hatte einen scharfen analytischen Verstand mit einer einzigartigen Perspektive, die ihn immer wissen ließ, was sie gerade dachte. Sie war, kurz gesagt, faszinierend.

Und so entschlossen, ihre Jungfräulichkeit zu verlieren, bevor sie im Herbst mit der Graduiertenschule begann. Sein Bruder hatte ihn gewarnt, Kate nicht anzufassen. Ihre Schwester hatte gedroht, ihm in den Hintern zu treten, wenn er sie anfasste. Zum Teufel, selbst Kate hatte zuerst gesagt, sie würde sich für die Ehe aufsparen, was er geglaubt und respektiert hatte. Doch dann hat sie ihre weiten T-Shirts und ausgefransten Jeans gegen knappe Tops und kurze Röcke getauscht. Sie hörte auf, Unterwäsche zu tragen, und stolzierte nachts in praktisch durchsichtigen Sommerpyjamas herum. Und dann tauchte sie eines Abends in nichts als einem Morgenmantel auf, teilte ihm mit, dass sie sich nicht mehr aufsparen würde, und ließ den Mantel fallen.

Ein Typ konnte nur ein gewisses Maß ertragen.

Jene Nacht mit Kate (und der nächste Morgen) hatte ihm etwas ganz klargemacht – der Sex war großartig, weil er mit jemandem passierte, an dem ihm zutiefst etwas lag. Er hatte mit einer ganzen Anzahl von Frauen geschlafen und nichts war dem jemals nahegekommen.

Manchmal dachte er gerne, sie hätte sich nur für ihn aufgespart.

Kate war kurz davor gewesen, auf die gleiche Graduiertenschule zu gehen, die er besuchte, das MIT, was ihn zu der Ansicht gebracht hatte, dass sie das fortsetzen könnten, was sie in diesem Sommer begonnen hatten. Doch das Timing war nicht richtig gewesen. Sie wollte eine Chance, andere Jungs zu daten, da sie keine Erfahrung vor ihm gehabt hatte. Er verstand das, obwohl er die ganze Idee von ihr mit anderen

Jungs gehasst hatte. Nach ihrem letzten Mal nach ihrer Abschlussfeier im vergangenen Mai hatte sie ihn darüber informiert, dass sie keine Fernbeziehung wollte, also hatte er noch einmal versucht, weiterzuleben.

Doch er konnte nicht aufhören, an sie zu denken. Schließlich hatte er sich freigenommen und war hierher geflogen, um sie zu überzeugen, der Fernbeziehung eine Chance zu geben. Ihr Stipendium lief jetzt noch zweieinhalb Jahre, und dann konnten sie zusammen sein. Sie konnte an der Ostküste nach Arbeit suchen. Es gab viele Universitäten dort. Mit einem Freund hatte er nicht gerechnet. Barry und Amber hatten keinen erwähnt. Wie ernst konnte es sein, wenn Kate es ihrer Schwester nicht gesagt hatte? Er wusste, dass Kate Amber alles Wichtige in ihrem Leben erzählte.

„Dreh dich um, damit ich mich umziehen kann", sagte Kate.

„Ich habe dich schon nackt gesehen", erinnerte er sie.

„Ich will dich nicht verführen", sagte sie ehrlich.

Er seufzte und wandte sich der gegenüberliegenden Wand zu. Es gab keine Fenster in ihrem kleinen Büro, also war es ziemlich privat. Er hörte ein Rascheln und dann ein lautes „Aahh". Das erinnerte ihn ein wenig zu sehr an die Geräusche, die sie gemacht hatte, als sie nackt gewesen waren. Leise schlug er frustriert seinen Kopf gegen die Wand.

„Ian! Auf diese Weise wirst du Gehirnzellen verlieren. Hör auf damit!"

Er hielt inne und legte seine Stirn an die kühle Wand. Er hatte genau eine Woche in Chicago. Er flog am Heiligabend nach Hause, um Weihnachten mit seiner Familie zu verbringen, was seiner Mutter seit dem Tod seines Vaters vor fünf Jahren besonders wichtig war. Außerdem war es das zweite Weihnachtsfest seiner Nichte Violet (Barrys und Ambers Tochter). Sie würde dieses Jahr schon mehr verstehen, was vor sich ging. Es war an der Zeit, seine Karten auf den Tisch zu legen. Vorsichtig, um Kate nicht abzuschrecken. Ihr war unwohl bei Emotionen, kein Wunder, wenn man bedachte, dass ihre Eltern so förmlich und distanziert waren, aber er fühlte, dass er, wenn er sich etwas bemühte, ihre Abwehr durchbrechen konnte.

„Ich drehe mich jetzt wieder um," sagte er.

„Warte!"

Er wartete.

„Okay."

Er drehte sich um und musste sich wirklich bemühen, nicht seine Hand auszustrecken und sie zu berühren. Ihr Haar war aus dem Knoten herausgekommen und ergoss sich in Wellen über ihre Schultern. So sah sie nur im Bett aus. Sie trug einen weiten weißen Pullover und verblasste Jeans. Sie hatte ihre Brille auf dem Schreibtisch gelassen, und er hatte einen klaren Blick auf die leuchtend blauen Augen, die nicht mehr von den riesigen Gläser verdeckt wurden. Ihre Haut war glatt und perfekt, eine niedliche Stupsnase, hohe Wangenknochen, eine volle Unterlippe. „Kate", brachte er hervor.

Sie blinzelte ein paar Mal, schien sich an ihre Brille zu erinnern, und schnappte sie sich, um sie wieder an ihren Platz zurück zu rutschen. Dann schüttelte sie ihren Pullover aus und schaute auf den ganzen Boden. „Ich scheine mein Haarband verloren zu haben."

„Deswegen musst du dir keine Sorgen machen."

Sie schaute weiter. „Meine Haare sind mir im Weg, wenn ich arbeite."

„Kannst du eine Minute lang zuhören?"

Sie hielt inne. „Was?"

„Ich habe keinen Beratungsauftrag in Chicago." Ich bin gekommen, um dich zu sehen."

Ihr Mund bildete ein perfektes O vor Überraschung.

„Ich wollte dich bitten, der Fernbeziehungssache eine Chance zu geben. Ich mag dich wirklich." *Auf eine Hals-über-Kopf-in-dich-verliebt-Art.*

Sie rieb sich die Stirn und sagte schließlich: „Aber … Ich bin jetzt mit Christopher zusammen." Sie stand einen Moment lang da, die Stirn war durchfurcht, tief in Gedanken. „Wann reist du ab?"

Er verzog das Gesicht. „Kannst es nicht abwarten, mich loszuwerden?"

„Nein! Es tut mir leid." Sie runzelte die Stirn. „Das kam falsch heraus. Ich wollte nur wissen, wie viel Zeit wir haben, um als Freunde rumzuhängen."

„Ich habe eine Woche. Ich fliege am Heiligabend nach Hause."

„Ich fliege auch am Heiligabend nach Hause. Zu Barry und Amber?"

„Ich würde mir doch Violets zweites Weihnachten nicht entgehen lassen."

„Dann schätze ich, sehe ich dich da auch. Ich fliege am Tag nach Weihnachten zurück."

Er hatte gewusst, dass sie nicht lange zu Hause bleiben würde. Sie fand es schwierig, ihre Arbeit zu verlassen, und er verstand ihren ausschließlichen Fokus und das Eintauchen in Gleichungen, er war genauso, wenn er tief in einem Computing-Projekt steckte. Deshalb war er hier, in der Hoffnung, das kurze Zeitfenster zu erwischen, in dem sich die Dinge vor Weihnachten verlangsamten, um sie davon zu überzeugen, dass es etwas zwischen ihnen gab, das es wert war, verfolgt zu werden. Er hatte sie auch letztes Weihnachten zu Violets erstem Weihnachten gesehen, aber da hatte er eine neue Freundin mitgebracht. Totale Überreaktion nur drei Wochen nach seiner Trennung von Morgan. Er hatte Olivia in einem Build-A-Bear aufgegabelt, als sie ihm bei der Auswahl von Violets erstem Teddybär geholfen hatte. Er beendete die Sache mit ihr am Tag nach Weihnachten, weil ein Blick auf Kate, wie sie ihrer acht Monate alten Nichte begeistert erklärte, warum die Farbe Violett immer am unteren Rand des Regenbogens erschien, nämlich aufgrund der kürzeren Wellenlänge und der größeren Lichtbrechung, ihn hatte erkennen lassen, dass es sinnlos war. Er würde nie jemanden so wollen, wie er Kate wollte. Eine unbequeme Tatsache, die sein Gewissen immer dann gequält hatte, wenn er Kate während der Morgan-Jahre gesehen hatte. Seine Rebound-Freundin abzuservieren, machte in der Kate-Situation keinen Unterschied. Sie war bereits am Tag nach Weihnachten zurück zur Arbeit gefahren, tief in Postdoc-Bewerbungen.

„Wir könnten uns eine Taxifahrt zum Flughafen teilen", sagte sie. „Mein Flug ist um neun Uhr morgens nach La Guardia. Gleicher Flug?"

„Nein, ich um sieben Uhr dreißig nach JFK."

„Wir könnten uns trotzdem ein Taxi teilen."

Er ging zu ihr und atmete einen Hauch ihres zitronigen Grapefruitdufts ein, den er von ihrem Shampoo kannte, weil sie ihn gebeten hatte, an ihrem Haar zu schnuppern und seine Meinung zu äußern, als sie diese Sorte vor vier Jahren zum ersten Mal gekauft hatte. Er wagte es nicht, ihn länger einzuatmen. Dieser Weg führte nur dazu, dass er sie ausziehen und überall kosten wollte. „Vielleicht sollte ich dich weiterarbeiten lassen. Schreib mir, wenn du dich mit mir treffen willst."

Sie strahlte. „Werde ich. Ich sehe Christopher heute Abend, um Geschenke auszutauschen, aber morgen bin ich frei. Wie wär's mit Abendessen? Als Freunde meine ich."

„Großartig", murmelte er und strich an ihr vorbei.

Sie legte ihm vorsichtig eine Hand an den Arm. „Ian, sei doch bitte nicht wütend. Ich wusste ja nicht, dass du herkommen würdest. Ich dachte, wir wären frei, andere Leute zu treffen." Sie senkte den Blick. „Ich will dir nicht wehtun. Bitte lass uns doch Freunde sein."

Er musste die Worte herauszwingen. „Wir sind Freunde. Wir werden abhängen. Ich stecke hier sowieso für die Woche fest."

Sie ließ ihre Hand fallen, und ein kurzzeitiges Schuldgefühl ließ ihn den Versuch unternehmen, die Dinge zu glätten. Es war ja nicht ihre Schuld, dass er sie so überrascht hatte. Er hatte viel öfter eine Freundin gehabt als sie einen Freund. „Hast du Violet in letzter Zeit gesehen? Sie ist so groß geworden." Violet war fast zwei und so süß. Blonde Haare wie ihre Mom, braune Augen wie ihr Dad. Ihr Haar würde wahrscheinlich dunkler werden. Er und seine älteren Brüder, Barry und Daniel, waren alle blond gewesen, als sie klein waren.

Sie strahlte, und sein Herz schlug schneller. Kate lächelte

selten, war meistens zu ernst, aber wenn sie es tat, war es spektakulär. „Ich skype jeden Sonntag mit ihr. Sie ist brillant! Du hast es auch bemerkt, nicht wahr?"

Er merkte, wie er lächelte. „Wie hätte mir das entgehen können?"

„Sie ist erst einundzwanzig Monate alt, aber sie kennt bereits alle Farben, besonders Violett. Sie kann bis zwölf zählen und kennt die Hälfte das ABCs. Bis N. Ich arbeite daran, sie zu P zu bringen. Sie kann dank Barry auch muh machen und dumme Tänze. Hast du ihren Kuhschnuller und die Mütze gesehen?"

Barry besaß einen Fro-Jo-Shop, die Tanzende Kuh, und liebte es, sich wie eine Kuh zu verkleiden, um die Kinder zu unterhalten. Natürlich zog er auch seine Tochter wie eine Kuh an, damit sie sich ihm anschloss.

Er grinste. „Habe ich."

Ihre blauen Augen leuchteten hinter ihrer Brille auf. „Ich versuche seit Wochen, mir das perfekte Weihnachtsgeschenk für sie einfallen zu lassen. Sie ist ein wenig zu klein für ein Teeset und nicht ganz bereit für eine Emma-Puppe. Das ist die Art, die wirklich eine Flasche trinken kann und der man die Windeln wechseln muss. Wie bei einem echten Baby." Sie schüttelte den Kopf und murmelte: „Ich lasse mir etwas einfallen."

Er war überrascht von Kates mädchenhaften Geschenkideen. Er hatte gedacht, dass sie Violet ein Teleskop oder ein Modell des Sonnensystems kaufen würde. Obwohl sie Violet letztes Weihnachten eine niedliche Plüsch-Meerjungfrau-Rassel geschenkt hatte, als er jetzt so darüber nachdachte. Er entdeckte ihr Haarband auf dem Boden und gab es ihr.

„Danke!" Sie band ihr Haar wieder zu dem üblichen unordentlichen Knoten und kehrte an ihren Schreibtisch zurück. „Ich schreibe dir morgen, okay?"

Er wollte sagen *schlaf heute Nacht nicht mit Christopher*, aber er hatte kein Recht dazu. „Ja." Er blieb in der Tür stehen und beobachtete ihren Gesichtsausdruck, als er hinzufügte: „Viel Spaß heute Abend!"

Sie war bereits in die Arbeit vertieft, die sie an ihrem Computer aufgerufen hatte. Leise schloss er die Tür hinter sich.

Kate wickelte sorgfältig das große Gemälde ein, das ihr Geschenk für Christopher war, legte es in den geräumigen Kofferraum ihres blauen Subaru-Kombi, den sie wegen seiner enormen Sicherheitsbilanz ausgewählt hatte, und fuhr zu seinem Wohnhaus in der Nähe des Krankenhauses, in dem er arbeitete. Sie würden heute Abend Geschenke austauschen, weil er die Wochenendschicht im Krankenhaus arbeiten musste, um am folgenden Wochenende für Weihnachten freizuhaben. Sie liebte dieses Gemälde und hätte es fast selbst behalten, aber sie fand es wichtig, einem festen Freund mit Potenzial für mehr ein überlegtes Geschenk zu machen. Christopher war gutaussehend, klug, erfolgreich, mit einer wunderbaren Geschichte von Langlebigkeit in seiner Familie. Er war auf jeden Fall ideales Ehemannmaterial. Er war auch ein guter Küsser. Eine Sieben im Schlafzimmer, aber das war nicht schrecklich. Sie hatten zweimal zusammen geschlafen. Das Beste war, dass sie aufgrund ihrer Libido nie den Fokus bei ihm verlor, sodass sie sich sicher fühlte, dass ihre Arbeit immer Priorität in ihrem Hirnraum haben würde.

Sie parkte in der Tiefgarage seines Hauses und fuhr mit dem Aufzug zur Lobby, wo Christopher sie über den Summer hereinließ.

Er öffnete die Tür mit einem breiten Lächeln, das sie aus Gründen der Höflichkeit mit einem kleinen Lächeln erwiderte. Es war nicht ihre Art, ohne guten Grund breit zu lächeln. Es erinnerte sie an einen Schimpansen, der die Zähne zeigte, was nie ein freundliches Zeichen war. Christopher war durchschnittlich – durchschnittliche Größe (eins achtundsiebzig), durchschnittliches Gewicht und durchschnittlicher Körperbau. Kurze, dunkelbraune Haare, braune Augen, in der Regel glattrasiert. Er lächelte oft, als ob ihm etwas

Lustiges eingefallen wäre, obwohl sie oft verwirrt war, was genau das war. „Frohe Weihnachten, Kate."

„Frohe Weihnachten", sagte sie, obwohl sie nicht anders konnte, als zu denken, dass es noch nicht Weihnachten war, also sollten sie diesen Wunsch aufschieben.

Er neigte seinen Kopf. „Das ist aber ein großes Geschenk, das du da hast."

„Hier." Sie schob ihm das große Gemälde in die Hände. Sie ließ ihre Handtasche fallen, zog ihren Wollmantel aus und beobachtete mit zunehmender Wut, wie er vorsichtig und langsam das Papier ablöste. Jeder wusste doch, dass man das Papier so schnell wie möglich abreißen sollte. Sie verwendete die minimale Menge an Klebeband, damit er genau das tun konnte.

Endlich wurde das Gemälde enthüllt. Ein Original von Amber Lewis-Furnukle. Es war eine Kuh auf einer Wiese. Eines der seltenen figurativen Aquarelle von Amber. Ihre Schwester war eine sehr talentierte Künstlerin, die Gemälde an Galerien verkauft hatte. Die meisten Bilder waren abstrakt. Dieses Gemälde war aufgrund seiner Seltenheit zwangsläufig ein Sammlerstück.

Christopher lachte. „Eine Kuh? Wow." Er schüttelte den Kopf. „Das ist nett. Danke!"

„Es ist nicht nett", schnaubte sie. „Es ist ein seltenes, Original-Aquarell von meiner Schwester, einer aufstrebenden Künstlerin. Ich bin sicher, dass es allein aufgrund seiner Seltenheit an Wert zunehmen wird. Ich dachte, du schätzt Kunst." Sie deutete auf die geometrischen Gemälde, die an den Wänden seines Wohnzimmers hingen.

Er küsste ihre Wange. „Das tue ich. Danke dir. Ich mag es wirklich. Und ich bin nicht überrascht, dass deine Schwester Künstlerin ist. Du hast immer so einen Boho-Look."

„Wirklich?"

„Ja, die zerzausten Haare, die langen Pullover, die ausgefransten Jeans. Es ist niedlich."

„Meine Haare sind nicht zerzaust. Sie sind in einem Knoten."

Er berührte ihren Knoten. „Irgendwie halb drin, halb draußen. Boho."

Sie versteifte sich, leicht alarmiert darüber, wie wenig er sie nach sechs Dates und zwei Nächten mit Ok-Sex zu kennen schien. „Ich bin kein bisschen Boho. Ich trage seit sieben Jahren die gleiche Kleidung, weil sie passt und bequem ist. Meine Haare sind in einem lockeren Knoten, weil ich es aus dem Weg haben muss, aber ich will nicht, dass es mich ablenkt, wenn ich es allzu streng aus dem Gesicht binde."

„Okay, okay, kein Boho. Hier, lass mich dein Geschenk holen." Er ging zum Beistelltisch und nahm eine kleine schwarze Samtschatulle. Ihr Herz schlug wie verrückt. Würde er ihr einen Antrag machen? Sie sollte nein sagen, nicht wahr? Sie sollte sagen, dass sie mehr Zeit brauchten, um einander kennenzulernen. Einer von ihnen musste das L-Wort sagen. Sie persönlich hatte es jedoch noch nie jemandem gesagt. Nicht einmal ihrer Familie. Ihre Familie war nicht sehr ausdrucksstark. Ihre Eltern waren Physiker wie sie und verbrachten die meiste Zeit damit, die Wunder des Universums zu studieren, und nicht ihre Tochter, die zufällig in ihrem Universum aufwuchs, zu verhätscheln. Ihre Schwester Amber war viel ausdrucksvoller. Sie hatte eine andere Mutter als Kate, obwohl beide Mütter blond und zierlich waren (ihr Vater hatte anscheinend einen Typ), was erklärte, warum sie sich ein wenig im Aussehen ähnelten, aber überhaupt nicht in ihren Persönlichkeitsmerkmalen.

Er drückte ihr die Schachtel in die Hand und grinste. „Mach's auf."

Sie nahm all ihren Mut zusammen. Dann öffnete sie sie schnell und starrte auf ein goldenes Charm-Armband mit einem Haufen Perlen und glänzendem Gedöns und in der Mitte einem Miniatur-Weihnachtskranz, der mit winzigen Diamanten besetzt war. Es war dasselbe Armband, für das sie in der ganzen Stadt Reklame gesehen hatte – auf Plakaten, an Bushaltestellen, im Aufzug. Das war das Armband, das Tausende von Frauen in diesem Jahr an Weihnachten trugen. Ein Geschenk, für das man sich überhaupt keine Gedanken machen musste. Außerdem trug sie nicht einmal Schmuck. Sie mochte nichts an ihrem Körper, was sie von ihrem zielstrebigen Fokus ablenkte, der für die Arbeit vonnöten war. Das Ding würde den ganzen Tag lang an ihrem Arm hoch- und runterrutschen, sie wütend machen, und im Labor konnte sie es überhaupt nicht tragen.

Sie schloss den Deckel mit einem Knall. „Danke für das Geschenk."

„Leg es um", sagte er und öffnete den Deckel wieder. Er nahm es heraus und legte es ihr um. „Wunderschön."

Sie wollte gerade den Verschluss lösen, als er ihr Gesicht nach oben neigte und sie küsste. Ein kleines Prickeln durchfuhr sie. Sie erwiderte den Kuss und hoffte, die Erinnerung an Ians Kuss von vorhin zu verlieren, von dem sie Christopher wahrscheinlich erzählen sollte, da Ehrlichkeit in Beziehungen sehr wichtig war. Waren sie in einer Beziehung? Da war sie sich nicht sicher. Sie hatten nicht darüber gesprochen, eigentlich, vielleicht sollten sie –

Er hörte auf, sie zu küssen.

„Geht es dir gut?", fragte er. „Du machst den Eindruck, als wärst du eine Million Meilen entfernt."

Lächerlich. Sie stand direkt vor ihm. Sie kam auf den Punkt. „Ein Freund ist in der Stadt. Sein Name ist Ian, und ich werde morgen mit ihm zu Abend essen gehen. Als Freunde." Sie nickte einmal. „Ich dachte, du solltest es wissen."

Er hob eine Braue. „Ein Ex-Freund?"

„Nein, er war nie mein Freund. Es war eine rein körperliche Beziehung."

Seine Brauen schossen jetzt beide in die Höhe. „Ach ja? Vielleicht werde ich dich begleiten."

Sie erstarrte. „Ich dachte, du musst morgen arbeiten?"

„Das tue ich. Komm um fünf Uhr am Krankenhaus vorbei. Ich hab eine Stunde Pause zum Abendessen. Wir gehen irgendwo in der Nähe."

Sie versuchte, einen guten Grund zu finden, warum er Ian nicht treffen konnte. Dieses Treffen von Männern, die mit ihr geschlafen hatten, konnte bestenfalls unangenehm sein, schlimmstenfalls männliches Anspruchsgehabe zur Folge haben. „Warum möchtest du ihn treffen?"

Er nahm ihre Hand. „Jeder deiner Freunde ist mein Freund."

Nervosität durchfuhr sie. „Ich verstehe nicht –"

„Sag ihm einfach, dass ich auch da sein werde."

Sie konnte sich kein mögliches Szenario vorstellen, in dem das gut gehen würde. Doch bevor sie sich einfallen lassen konnte, was sie sagen sollte, begann Christopher, sanft ihren Hals zu küssen. Dieses Vorspiel signalisierte immer einen Ausflug ins Schlafzimmer.

4

„Wirst du das für mich tun?", flüsterte Christopher ihr ins Ohr. Die Nähe seiner Stimme zu ihrem Ohr hatte nicht den gleichen heißen Prickeleffekt wie vorhin, als Ian zuvor einen ähnlichen Schritt unternommen hatte, und das ließ sie stutzig werden. Mehr als stutzig. Die Alarmglocken schrillten in ihrem Kopf.

„Ich bezweifelte, dass er gehen will", sagte sie.

„Lass es mich wissen, wie auch immer." Dann leckte er ihr Ohr, was seltsam war, weil sie einen Moment lang nicht hören konnte.

Sie wich zurück. „Ich muss nach Hause gehen und meine Schwester anrufen."

Er schenkte ihr ein kleines Lächeln, das auf Belustigung hindeutete, obwohl nichts lustig war. Tatsächlich befand sie sich am Rande einer ausgewachsenen Panik. „Warum rufst du sie nicht einfach von hier aus an?"

„Ich brauche Privatsphäre." Sie drehte sich um, nahm ihren Mantel und ihre Handtasche und ging zur Tür. „Ich lasse dich wissen, was morgen ist."

„Ruf mich an, wenn du mit deiner Schwester gesprochen hast. Dann komme ich vorbei."

„Vielleicht", sagte sie, als sie ihre Arme in die Ärmel ihres Wollmantels schob. Das Charm-Armband kratzte an der

Unterseite ihres Armes, als es sich im Ärmel verfing. Sie schoss zur Tür hinaus und nahm den Aufzug hinunter zu ihrem Auto. Sie war von den abendlichen Ereignissen stark verwirrt: 1) Christophers Kuss war nicht annähernd so lustvoll wie Ians, 2) Christopher dachte, sie sei eine Boho, obwohl sie am weitesten entfernt davon war, und 3) das gedankenlose Geschenk, das er ihr gemacht hatte. Sie konnte es nicht erwarten, nach Hause zu kommen und Amber anzurufen. Sie rief sie von ihrem geparkten Kombi aus an.

„Ich habe ein Problem", platzte sie heraus, sobald Amber sich meldete.

„Kate?"

„Ja."

Ein Herzschlag verging schweigend.

„Willst du mich denn nicht fragen, was mein Problem ist?", fragte Kate ein wenig wütend.

„Ich habe gehört, Ian ist in Chicago. Ist er das Problem? Warte mal." Dann sprach sie mit einer süßlichen Stimme, die sie sich für die kleine Violet aufsparte. „Daddy bringt dich in die Plantsche-Wanne. Ich komme gleich hoch für die Meerjungfrauen." Dann mit ihrer normalen Stimme: „Okay. Es ist Violets Badezeit."

Sie hörte Barry *Yo-ho-ho* singen und Violet kichern. Die Sehnsucht schoss blitzartig durch sie hindurch. Wie viel schöner wäre es, ein freundliches, glückliches Zuhause wie Barry und Amber zu haben, anstatt in einem kalten Kombi zu sitzen und sich über eine schreckliche Notlage zu ärgern.

Sie beneidete Violet fast. Amber und Barry erzogen sie großartig, brachten ihr viel bei und nahmen sich gleichzeitig viel Zeit zum Spielen. Kate hatte als Kind nie Spielzeit gehabt, obwohl sie eine Weile wirklich versucht hatte, sie zu bekommen. Wie diese Emma-Puppe, die sie verzweifelt hatte haben wollen und von der sie bereits wusste, dass Violet sie bekommen würde, sobald sie vier war. Vielleicht auch ein paar schicke Prinzessinnen-Kleider. All die Dinge, die Kate als Mädchen gewollt hatte, aber die ihre Eltern für eine frivole, geschlechtereinengende Zeitverschwendung gehalten hatten. Kate war als Kind viel allein gewesen. Amber war ein Teenager gewesen, als sie zu ihnen zog (nachdem Ambers Mutter nach Paris verschwunden war), und wollte damals nicht viel mit ihrer kleinen Schwester Kate herumhängen. Kate hatte gehofft, dass die Emma-Puppe ihre Gefährtin in ihrem ruhigen, förmlichen Haushalt sein würde, und sie hatte geplant, sich gut um sie mit einem regelmäßigen Fütterungs- und Windelwechsel-Zeitplan zu kümmern. Sie hatte sich Emma zu jedem Geburtstag und jedem Weihnachten gewünscht, seit sie fünf Jahre alt gewesen war (als sie den Werbespot zum ersten Mal gesehen hatte) bis zum peinlich hohen Alter von zwölf Jahren. Stattdessen hatte sie von ihrer Mutter einen Vortrag über Feminismus und eine Reihe wissenschaftlicher Instrumente bekommen – Teleskop, Gauß- meter und Oszilloskop, um nur einige zu nennen. Mit drei- zehn gab sie die Puppe auf und widmete sich ihrem Studium. Amber war mittlerweile ans College gegangen und begann, sich für Kate zu interessieren, war netter und hing mehr mit ihr rum, sodass Kate sich zumindest etwas weniger einsam gefühlt hatte.

Kate stieß einen Seufzer aus. „Wusstest du, dass Ian in Chicago sein würde?"

„Ich habe es gerade erst vor einer Stunde erfahren, als er Bare anrief."

„Er möchte eine Fernbeziehung mit mir anfangen, aber ich habe einen Freund." Allein bei dem Gedanken daran brach ihr der Schweiß aus. Sie hatte gedacht, dass das, was sie mit Christopher hatte, ideal war, aber heute Abend, direkt nach ihrer Zeit mit Ian, hatte sie erkannt, dass die Dinge mit Chris- topher nicht so perfekt waren, wie sie gedacht hatte.

„Warum hast du mir nicht von deinem Freund erzählt?", fragte Amber. „Auch das habe ich gerade erst erfahren."

„Ich weiß nicht." Ihr war ein wenig mulmig, dies zu sagen, weil sie genau wusste, warum sie ihn nicht erwähnt hatte. Sie hatte nicht gewollt, dass Ian es nach ihrem letzten Mal erfuhr und sich verletzt fühlte. Es war einfacher, mit Ian befreundet zu sein, wenn sie nicht andere Sexualpartner erwähnte. Sie hatte sich in Gegenwart von Ians Freundinnen nie wohlgefühlt. „Ich habe Christopher nur eine Handvoll Male gesehen, wegen unserer Zeitpläne."

„So-oo-oo, sag mir das Problem", sagte Amber.

„Christopher hat dieses Küss-den-Hals-Ding gemacht." Sie berührte ihren Hals. „Du weißt schon, Vorspiel. Und plötzlich hatte ich das Gefühl, den wilden Ritt nicht mitmachen zu können. Ich bin hinausgestürmt, als wäre er Satan. Ist er aber nicht! Er ist Arzt und gutes Ehemann-Material." Seit Violet geboren wurde, hatte Kate immer mehr darüber nachgedacht, einen Mann zu finden und eigene Kinder zu haben.

„M-hmm."

„Es ist nicht logisch, ihn abzuweisen, da Christopher hier lebt und Ian nicht. Etwas stimmt nicht mit mir."

Amber murmelte unverbindlich.

„Ich mag es, logisch zu sein", fuhr Kate fort. „Alles andere ist Chaos. Das Universum entfaltet sich natürlich in Chaos, ich weiß das, aber ich will nicht, dass mein Leben so ist. Ich möchte, dass es einen Sinn hat." Sie begann eine hektische einhändige Reinigung ihres Autos, das mit halb leeren Wasserflaschen, zerknitterten Taschentüchern und Post-its übersät war, die sie an der Ampel mit Gleichungen vollgekritzelt hatte.

„Ian hat sich verändert, nachdem er mit dir zusammen war", sagte Amber. „Ich denke ..."

Ihre Hand verkrampfte sich unwillkürlich und zerknüllte die Post-Its. „Was?"

„Ich denke, du hattest einen großen Einfluss auf ihn. Danach hat er aufgehört, ein Playboy zu sein. Wurde ein wenig ernster."

Sie warf das zerknitterte Papier auf den Rücksitz, um sich später darum zu kümmern. „Das ergibt keinen Sinn. Die Defloration hat mich verändert, nicht ihn." Sie hatte ihrer Schwester nicht von ihrem kürzlichen Abschluss-Treffen mit Ian erzählt. Es war ihr viel zu peinlich, ihren schrecklichen Mangel an Kontrolle in seiner Anwesenheit zuzugeben. Sie schnappte sich eine Flasche Wasser vom Boden und drückte sie an ihre Stirn, um sich von den Gedanken an Ian abzukühlen.

„Kate", sagte Amber sanft, „er ist in dich verliebt."

Kate keuchte und ließ das abgefüllte Wasser direkt auf ihren Fuß fallen. „Ah!"

„Geht es dir gut?"

Sie nahm sich das Wasser und warf auch das auf den Rücksitz. „Er ist nicht in mich verliebt!" Er hatte nie gesagt, dass er sie liebte. Nicht einmal.

„Er ist es, Süße. Ist er schon seit Jahren."

Kate spulte kurz zu ihrem Gespräch mit Ian zurück. Er hatte ganz klar gesagt, dass er sie *mochte*. „Er hat nicht gesagt, dass er mich liebt."

„Wie empfindest du für ihn?"

Sie zappelte, plötzlich unbehaglich, als sie in das trübe Wasser der Emotionen eintauchte. „Er ist … Ich weiß nicht. Er ist ein guter Freund. Er war immer nett zu mir." Ihre Kehle verengte sich. „Ich weiß nicht," sagte sie hilflos.

„M-hmm. Und wie empfindest du für Christopher?"

„Ihm steht Ehemann-Material auf die Stirn geschrieben. Intelligent, erfolgreich, gute Gene."

„Liebst du ihn?"

„Welchen?"

„Einen von beiden."

Ihr Magen brannte. „Ich weiß nicht. Woher weißt du es?"

„Vertrau mir, du wirst es wissen. Süße, ich weiß, dass unsere Familie nicht so sehr auf Liebe steht. Und ich kenne Christopher nicht, aber ich kenne Ian. Und er ist großartig geworden. Er ist auch intelligent, erfolgreich und hat gute Gene. Und er liebt dich wirklich. Du solltest ihm einfach eine Chance geben. Ich denke, wenn du dein Herz nur ein wenig öffnest, wirst du angenehm überrascht sein."

„Ich mag keine Überraschungen." Das bereitete ihr Kopfschmerzen, und ihr Magen drehte sich langsam und schmerzhaft. In diesem Bereich war überhaupt nichts klar. Bis auf eine Sache. Männer waren eine große Ablenkung. „Amber, weißt du, warum ich in drei Jahren die Highschool abgeschlossen habe?"

„Weil du viel gelernt hast?"

„Wegen Billy Hall. Ich habe mein ganzes zweites Jahr lang wahnsinnig für ihn geschwärmt und den Fokus verloren. Ich hätte in zwei Jahren meinen Abschluss machen sollen." Das tat wirklich weh. Sie wäre in ihrer Forschung viel weiter voraus gewesen, wenn sie damals nicht ein Jahr zurückgeblieben wäre. Ihre Mutter hatte ihr nach diesem spektakulären Versagen eingetrichtert, dass die Studien an erster Stelle kamen. Und wenn Kate am Ende einen Partner wollte, sagte ihre Mutter, dann wäre ein Arbeitspartner am besten, ein Lebenspartner kam erst an zweiter Stelle. Das war die Art Ehe, die ihre Eltern hatten – beide Physiker an der gleichen Universität.

„Wow, *zwei* Jahre", sagte Amber.

Kate schleuderte noch ein paar halbleere Flaschen Wasser auf den Rücksitz. „Das Gleiche ist am MIT passiert. In meinem ersten Jahr verlor ich den Fokus, weil ich auf der Pirsch nach Männern war."

Amber kicherte.

„Das ist nicht lustig. Es gibt wirklich einen Kurzschluss zwischen meinem Gehirn und meiner Libido."

„Aber du bist mit der Uni fertig. Du kannst eine Karriere und einen Freund haben. Nicht alles ist entweder oder, Schwarz oder Weiß. Es gibt auch viel Grau dazwischen."

Sie beugte sich zum Boden auf der Beifahrerseite und schnappte sich ein paar zerknitterte Tücher, eine Serviette und einen halb gegessenen Müsliriegel. „Ich mag keine Grauzonen." Sie stopfte den ganzen Müll in den Getränkehalter. „Ich mag das Absolute."

„Nehmen wir zum Beispiel meine Mom. Glaubst du, dass sie zu Besuch kommt? Nein. Aber sie will eine Beziehung zu Violet. Werde ich meiner Tochter die Chance verweigern, ihre Großmutter kennenzulernen? Nein. *Grauzone*."

Kate senkte ihre Stirn auf das Lenkrad. „Ich weiß immer noch nicht, was ich tun soll", flüsterte sie.

„Du kannst beides haben. Einen Mann und eine Karriere. Das ist eine Grauzone, die ich dich ermutige zu erkunden. Und, ehrlich gesagt, die Tatsache, dass das bei deinem aktuellen Freund kein großes Problem für dich war und nur der Gedanke daran, dass mit Ian zu haben, dich so aufgewühlt hat, sagt mir, dass es sich lohnen würde, es mit Ian zu erkunden."

Kates Gedanken sprangen zu einer großen Hürde. „Wenn es mit Ian nicht funktioniert, würde ich ihn als Freund verlieren. Und Familienzusammenkünfte wären *so* unangenehm." Alles mit Christopher schien so viel einfacher. Und tatsächlich war die einfachste Antwort oft die eleganteste. In der Physik sowieso. Warum konnte das Leben nicht so klar wie die Wissenschaft sein? Ihre Gedanken sprangen hin und her, sodass sie nicht einmal klar denken konnte. Sie atmete tief ein, als sie erkannte, dass sie den Atem angehalten hatte. Amber unterbrach ihre stille Kernschmelze.

„Bare und ich haben schon darüber diskutiert –"

Sie schoss auf ihrem Sitz in senkrechte Position. „Das habt ihr?"

„Nun, ja, wir wussten, wie Ian für dich empfindet. Und wir sind an Bord. Bare wird die Dinge bei Bedarf glätten. Du weißt, wie gut er in sowas ist." Es stimmte. Barry kam mit allen aus, sogar mit Kates Mutter, und sorgte immer dafür, dass sich alle in seinem und Ambers Haus willkommen und wohlfühlten, wo sie sich alle für die Feiertage versammelten.

Kate zog ihr Haarband heraus und machte ihren Knoten neu. „Ian ist sehr ablenkend. Als ich hierhergezogen bin ..." Sie unterbrach sich. Ian hatte ihr einige sehr suggestive Texte geschickt, als sie nach Chicago gezogen war (nach ihrem letzten Mal, von dem ihre Schwester immer noch nichts wusste).

„Was hat er getan?", fragte Amber eifrig.

Sie stieß einen Atem aus. Wem sonst sollte sie es denn erzählen? „Er hat mir gesextet."

„Nein, erzähl es nicht."

„Wie, *ich habe Schrödingers Katze* gefunden."

„Das verstehe ich nicht!"

„Er meinte meine Pussy! Er spricht schmutzig, anzüglich. Wie soll ich mich denn konzentrieren, wenn ich solche Texte bekomme? Oh, hier ist ein weiterer klassischer Ian-Text, *Optimum Logarithmus.*"

„Erklär", sagte Amber.

„Es ist ein Wortspiel. Er meint meinen Rhythmus, seinen Log. Optimum, das Beste, gemeinsam. Du verstehst also das Problem?"

Amber erwiderte zunächst nichts darauf. „Warte", keuchte sie.

„Amber, geht es dir gut?"

„Woo! Ja, tut mir leid. Ich dachte nur gerade an etwas Lustiges, das Violet heute gesagt hatte. Vielleicht könntest du ihm Grenzen setzen. Keine Nachrichten oder Anrufe während der Arbeitszeit außer im Notfall. Ich bin sicher, dass Ian deine Karriere unterstützt. Wir sind alle so stolz auf dich. Maxine hat uns erzählt, dass du bahnbrechende Forschung betreibst."

Das war ihre Mom. Musste immer mit Kates wissenschaftlichen Leistungen prahlen. Sie rechnete es sich selbst hoch an, dass sie Kate zu Höchstleistungen gedrängt hatte. „Das ist sehr aufregend. Dr. Weintraub möchte eine Förderung beantragen, um mich ein weiteres Jahr dazubehalten, damit ich sie fortsetzen kann."

„Ich dachte, du wolltest nicht zu lange Postdoc bleiben. Du wolltest doch eine Festanstellung."

„Es ist schwer, eine solche Gelegenheit abzulehnen, wenn sie bewilligt wird. Die Einrichtungen hier sind unglaublich." Sie konnte Barry im Hintergrund nach Amber rufen hören.

„Ich muss los, Süße. Die Meerjungfrauen warten. Hab dich lieb! Ruf mich an, wenn du reden musst."

Kate legte auf und beschloss, Ian anzurufen, weil sie dachte, so das ganze Treffen mit Christopher aus dem Weg zu schaffen. Sie klappte die Blende mit dem Spiegel herunter und inspizierte ihre Haare. Was machte sie denn? Es war nicht so, als könnte Ian sie durch das Telefon sehen. Sie knallte die Blende zurück und wählte die Nummer. „Christopher will morgen zum Abendessen mitkommen." Ihr Atem kam in einem kalten Atemzug heraus. Sie sollte wahrscheinlich bald nach Hause fahren, aber es gab noch so viel, das sie klären musste, bevor sie die Tiefgarage verlassen konnte.

„Hi, Kate. Okay."

„Hi!" Sie hielt inne. „Du willst wirklich gehen?"

„Ich würde ihn gern kennenlernen."

„Warum?"

„Ich möchte sehen, mit wem du es ernst meinst."

„Er hat mir ein Armband mit einem diamantenen Weihnachtskranz geschenkt."

„Du trägst keinen Schmuck."

Sie war zugleich erleichtert, dass Ian sie so gut kannte, und bestürzt, dass Christopher ihren Mangel an Schmuck nie bemerkt hatte. Natürlich kannte sie Christopher erst seit ein paar Monaten. Andererseits hatte Ian weniger als zwei Monate gebraucht, bis er sie genau kannte. Aber Christopher hatte wirklich nichts falsch gemacht. Die meisten Frauen wären von einem goldenen Bettelarmband begeistert gewesen. Nur nicht sie.

„Es ist der Gedanke, der zählt", sagte sie ihm und sich selbst zuliebe.

„Schätze schon. Was hast du ihm geschenkt?"

„Bist du in mich verliebt, Ian?"

Totenstille. Hatte sie die Verbindung verloren? Sie nahm das Handy vom Ohr und schaute es an. Nö. Noch verbunden. „Ian?"

Er räusperte sich. „Warum fragst du das?"

„Amber hat mir gesagt, dass du es bist. Ist es wahr?"

„Wir sollten dieses Gespräch persönlich führen."

Sie wollte wirklich nicht warten. Sie brauchte klare Antworten, wenn sie klare Entscheidungen treffen wollte. „Warum?"

„Weil es ein persönliches Gespräch ist. Wo bist du? Das ist ein seltsames Gespräch, wenn du bei deinem Freund bist."

„Ich bin während des Vorspiels gegangen."

Ian machte ein seltsam ersticktes Geräusch. „Darf ich fragen, warum?"

„Ich musste meine Schwester anrufen. Ich sollte jetzt besser gehen. Ich sitze in einer Tiefgarage, und es ist ziemlich kalt im Auto. Ich sollte nach Hause."

„Möchtest du, dass ich zu dir komme, damit wir dieses persönliche Gespräch führen können?"

„Das wäre gut. Es würde mir helfen, ein paar Dinge zu klären. Oder nicht." Sie drückte ihre Finger an die Stirn. „Ich bin nicht sicher. Das muss die Grauzone sein, von der Amber mir erzählt hat."

„Ich liebe Grauzonen."

„Das passt. Es würde auf eine grundlegende Inkompatibilität zwischen uns hinweisen."

„Ich glaube, wir sind hinreichend kompatibel. Gib mir die Adresse."

Sie rasselte die Adresse herunter und legte auf. Dann riss sie den Ärmel ihres Mantels hoch und nahm das lästige Armband ab. Sie schob es in die zerknitterten Taschentücher im Getränkehalter und fuhr für dieses persönliche Gespräch nach Hause.

Ian fuhr zu Kates Wohnung und fragte sich, was er sagen würde. Es musste etwas bedeuten, dass sie ihren Freund mitten im Vorspiel verlassen hatte – er hätte fast seine Zunge verschluckt, als sie ihm das erzählte – und jetzt bereit war, Zeit mit ihm zu verbringen. Aber bedeutete es, dass sie ihren Freund für ihn verließ? Wenn Ian ihr endlich sagte, dass er sie liebte, würde sie diese Liebe erwidern oder ihm die kalte Schulter zeigen? Bei Kate konnte es so oder so laufen.

Kein Wunder, dass sie von seinem Besuch überrascht war. Als sie einander vor sieben Monaten das letzte Mal gesehen hatten, war er wütend über die Art und Weise gewesen, wie sie einfach davongestürmt war, nachdem sie mit ihm geschlafen hatte. Schon wieder. Er hatte gedacht, es hätte ihr auch etwas bedeutet. Er hatte sie kalt genannt, und damit war sie noch gut weggekommen. Aber in den Monaten danach dachte er an Kate mit ihren Eltern, die er schon mehrmals getroffen hatte. Ihre Eltern waren sehr förmlich und sprachen steif. Sie hatten Kate kein einziges Mal bei ihrem Abschlussessen umarmt, nicht gelächelt, keine liebevollen Worte gesagt. Nur förmlich gratuliert. Allmählich meinte er, dass Kate vielleicht nicht wusste, wie sie ihre Liebe zeigen sollte, aber das bedeutete nicht, dass sie nicht etwas empfand. Denn wie konnte sie bei ihm loslassen, wie sie es im Bett tat, obwohl sie normalerweise so verkopft war, wenn sie nichts für ihn empfand? Er machte sich keine Illusionen, dass er der beste Liebhaber der Welt sei. Nur mit Kate war der Sex so gut. Es war ihre natürliche Chemie zusammen und, wie er gerne dachte, eine Intensität des Gefühls, die beidseitig war. Er hoffte es wirklich.

Er klingelte an einem dreistöckigen Backsteingebäude, und Kate öffnete die Tür wenige Minuten später. Sie starrte ihn einen langen Moment an, als würde sie ihn auf eine ganz neue Art und Weise sehen, und blinzelte langsam. Sie wunderte sich wahrscheinlich über die ganze Ich-bin-in-dich-verliebt-Sache, die Amber ausgeplaudert hatte. Er konnte nicht einmal ein Lächeln vortäuschen, erwiderte nur ihren Blick, als wollte er sagen, *ja es ist alles wahr.*

„Hallo", sagte sie, bevor sie herumwirbelte und die Treppe hinauf zu ihrer Wohnung vorausging. Sie sah genauso aus, wie er sie vorhin gesehen hatte – blonde Haare immer noch in einem unordentlichen Knoten, derselbe ausgeleierte Pullover und Jeans, kein Make-up. Offensichtlich hatte sie sich nicht umgezogen oder sich für ihr Date mit dem Arzt fertiggemacht. Er und Kate hatten noch nie ein tatsächliches Date gehabt, also wusste er nicht, ob das ein gutes Zeichen war oder nicht.

„Wie geht es ihr?", fragte er.

Sie sah über ihre Schulter. „Gut."

Sie öffnete die Tür und ließ ihn in eine Wohnung, die ihn an einen alten Schlafsaal erinnerte. Definitiv eine Universitätswohnung. Braunes Sofa, Couchtisch, kleiner Fernseher. Geflieste Böden. Die Wände waren einfach weiß und ohne heimelige Details. Nicht einmal eine einzige Weihnachtsdekoration.

„Warum hast du dir nicht eine Wohnung außerhalb des Campus genommen?", fragte er.

Sie hob eine Schulter. „Sie lassen Postdocs in Graduiertenwohnungen wohnen, und es ist möbliert. Es ist nicht zu schlagen an Bequemlichkeit und Erschwinglichkeit. Was trinken?"

„Klar."

Sie ging in eine kleine Pantryküche, die durch eine halbe Wand vom Wohnzimmer getrennt war. Die Theke war übersät mit halb gefüllten Wasserflaschen, als hätte sie die eine vergessen, bevor sie sich eine andere holte. Post-its mit gekritzelten Gleichungen klebten an der Wand über dem Spülbecken. Sie begann, Schränke zu öffnen und zu schließen, suchte nach wer weiß was, öffnete den Kühlschrank, dann den Gefrierschrank, zurück zum Kühlschrank, bevor sie sich schließlich zu ihm drehte. „Ich habe Wasser oder Milch."

Sie erinnerte sich selten an Dinge aus dem wirklichen Leben wie Lebensmittel, weil sie mit dem Entdecken des Universums beschäftigt war. Er verstand das, er arbeitete mit Informatikern, die tief in die Programmierung eingetaucht waren. Manchmal konnte er genauso sein, obwohl er auch abschalten und ein wenig einfacher in das wirkliche Leben zurückkehren konnte als einige seiner Kollegen. Vermutlich der Einfluss seiner Mutter, eine liebevolle Frau, die Kunst und Theater liebte. Er und seine Brüder kamen in ihrer analytischen Neigung nach ihrem Vater, einem brillanten Maschinenbauer, aber gemildert durch das Beharren ihrer Mutter, ihn von der Technologie wegzuziehen, um die reale Welt zu erleben.

Zumindest war Kate, im Gegensatz zu seinen Kollegen, die oft vergessen hatten zu duschen, immer frisch und sauber, weil heiße Duschen ihr zu Durchbrüchen verhalfen. Er hätte nichts dagegen gehabt, jetzt einen solchen Durchbruchduschmoment mit ihr zu haben. Er rückte sich diskret zurecht. „Wasser", krächzte er.

Sie neigte den Kopf. „Geht es dir gut?"

„Ja." Er stieß einen Atem aus und setzte sich aufs Sofa. Er war derjenige in ihrer Wohnung, nicht Christopher, sodass das nur ein gutes Zeichen sein konnte.

„Eis?", fragte sie.

„Klar."

Sie füllte zwei Gläser mit Wasser aus dem Kran, offenbar hatte sie kein Flaschenwasser mehr, nahm ein Eiswürfeltablett und ließ einige Würfel in ein Glas fallen. „Möchtest du auch einen Trinkhalm?"

Es war gar nicht Kates Art, so einen Wirbel um ihn zu machen. Obwohl es irgendwie nett war. „Klar."

Sie stellte den Eiswürfelbehälter weg und begann wieder, Schränke zu öffnen und zu schließen, vermutlich auf der Suche nach einem Trinkhalm.

„Lass nur!", rief er.

Sie nickte einmal, nahm beide Gläser und schloss sich ihm auf dem Sofa an. „Sollen wir jetzt unser persönliches Gespräch führen?" Sie stellte beide Gläser auf den Couchtisch und schaute ihn erwartungsvoll an.

Das war typisch für Kate. Sie tanzte nie um ein Thema herum. Alles, was sie sagte, war ehrlich, direkt und auf den Punkt gebracht. Etwas, das er normalerweise schätzte, obwohl dieses spezielle Thema ein wenig Überwindung kostete. Er nahm sein Glas mit Eis, nahm einen langen Schluck und stellte das Glas auf den Couchtisch neben ihr unberührtes Glas. „Hast du mit Christopher Schluss gemacht?"

„Nein."

Er bewegte sich zu ihr. „Warum bist du mitten im Vorspiel gegangen, um Amber anzurufen?"

Sie biss sich auf die Lippe, und er wartete, wissend, dass sie die Wahrheit schon ausspucken würde, wenn er geduldig wäre.

Sie faltete ihre Hände im Schoß, bevor sie leise sagte: „Ich fühle mich unwohl, dir das anzuvertrauen."

Er beugte sich vor. „Ging es um mich?"

Sie schluckte sichtlich. „Ja."

Eine prickelnde Unruhe durchfuhr ihn. „Was hast du über mich gesagt?"

Sie sah nachdenklich aus und sagte schließlich: „Ich sagte ihr, dass du eine Ablenkung bist."

„Lenkt dich Christopher ab?"

„Nein."

Mit genügend Fragen dachte er, dass er das ganze Gespräch aus ihr herauslocken könnte, aber was er wirklich tun wollte, war, sie wieder zu küssen. Er beugte sich vor und gab ihr genügend Zeit zu protestieren, aber sie tat es nicht. Sie kam ihm auf halbem Weg entgegen. Er schob seine Hand in ihre Haare und forderte ihren Mund für sich. Schnell wurde es heiß und heftig. Ihre Zungen tanzten miteinander, ihre Hände glitten über seine Brust, und dann hatte er sie unter sich. Es fühlte sich so gut an, seinen ganzen Körper gegen sie zu drücken, während er sie küsste. Sie stieß ganz hinten in ihrem Hals diese kleinen sexy Geräusche aus, die ihn immer in den Wahnsinn trieben vor Lust. Er küsste und schmeckte ihren Hals, als er seine Hand unter ihren Pullover schob und das Körbchen ihres BHs aus dem Weg schob, damit er ihre schöne Brust streicheln konnte.

„Wir sollten das nicht tun", sagte sie schwach und bog sich in seine Hand. „Ich habe einen Freund."

„Verlass ihn." Er küsste sie erneut lang und tief, die Hitze zwischen ihnen entfachte sich erneut. Ohne den Kuss zu unterbrechen, hob er seinen Körper gerade so hoch, dass er seine Hand nach unten schieben und ihre Jeans aufknöpfen konnte. Sie drückte gegen seine Brust, und er hob seinen Kopf und unterbrach den Kuss.

„Ian", sagte sie mit atemloser Stimme, wir sollten sprechen". Ihre blauen Augen durch die Schildkrötenpanzer-Brille waren dunkel und erweitert. Ihre Wangen waren gerötet, ihre Lippen leuchteten rosa von seinen Küssen. Er wollte nicht reden. Er schob sein Becken gegen sie, und sie schloss die Augen, warf ihren Kopf zurück und stöhnte. Es wäre so verdammt einfach. Sie wollte ihn. Er wollte sie. Aber etwas sagte ihm, dass er sie nicht dazu drängen sollte. Er wollte nicht, dass sie irgendwelche Zweifel an ihnen hatte. Wollte nicht, dass sie dachte, dass das, was sie taten, falsch war. Er würde warten, bis sie Christopher verlassen würde.

Er löste sich von ihr, und sie rappelte sich auf, um sich aufzusetzen.

Er setzte sich neben sie, stützte seine Ellbogen auf seine Knie und stieß einen langen, kräftigenden Atem aus. „Ich bin in dich verliebt, Kate."

Er sah sie von der Seite an. Sie hatte sich eine Hand vor den Mund geschlagen. Er war sich nicht sicher, warum sie so überrascht schien. Sie hatte gemeint, Amber habe es ihr vorhin gesagt, aber vielleicht brauchte sie weitere Erklärungen. „Seit dem ersten Mal, dass wir miteinander geschlafen haben. Aber du warst damals noch nicht bereit für etwas so Ernstes. Aber dieses letzte Mal, als wir miteinander geschlafen haben, wollte ich, dass wir weitermachen, auch wenn es für eine Weile eine Fernbeziehung sein würde. Ich habe dich nie vergessen, Kate." Er schluckte kräftig. „Bin nie wirklich über dich hinweggekommen. Wie empfindest du für mich?"

Sie schwieg.

Er starrte stur geradeaus. „Bitte sag etwas."

„Aber du warst all die Jahre mit Morgan zusammen. Du hast sie geliebt."

Er nickte. „Hab ich. Aber nichts ist jemals so tief gegangen wie das, was ich für dich empfinde. Ich glaube, Morgan wusste das auf einer gewissen Ebene. Sie mochte es nie, dass du und ich Freunde sind. Deswegen hat sie mir wahrscheinlich ein Ultimatum gestellt, mich an sie binden oder meiner Wege gehen. Ich musste gehen, weil –" er schluckte über den Kloß in seiner Kehle „– du mein Herz immer noch in der Hand hattest."

Sie atmete hörbar ein. Er schaute sie an, ihre blauen

Augen waren ganz weit. Er drückte seine Lippen fest zusammen und drehte sich wieder nach vorne. Scheinbar wusste jeder, wie er für Kate empfand, nur nicht Kate. Aber jetzt war die Wahrheit raus, und es fühlte sich an, als würde sein Herz dort im Wind hängen, roh und entblößt.

„Ian, das … Ich höre gerade zum ersten Mal davon, und ich versuche, das in den Kopf zu bekommen. Ich hatte keine Ahnung, dass du mich li —" Sie hustete. „Ich mag dich. Hab dich immer gemocht. Sogar sehr. Amber sagt, dass man es einfach weiß, wenn man jemanden liebt, aber ich weiß immer noch nicht genau, woher du es weißt. Ich bin nicht so gut in Emotionen. Amber hilft mir normalerweise dabei, die Dinge zu glätten, aber ich bin immer noch … verwirrt."

Er drehte sich zu ihr um. Ihre blauen Augen glänzten vor unvergossenen Tränen, ihr Ausdruck gequält. Er streichelte ihr weiches blondes Haar. „Hey, ich weiß, es ist schwer für dich, und normalerweise würde ich dich nicht dazu drängen, etwas zu tun, mit dem du nicht zufrieden bist, aber das hier ist anders." Er beugte sich vor und sah in ihre Augen. „Du musst für mich in deine Seele schauen und wirklich versuchen, herauszufinden, wie du für mich empfindest." Er lehnte sich zurück. „Und wie du für den anderen Typen empfindest."

„Christopher", ergänzte sie ach, so hilfreich.

Er stand auf, seine Brust schmerzte. „Wir gehen morgen also alle zusammen aus. Dann entscheidest du dich. Ich oder er." Er machte sich auf den Weg zur Tür, weil er keine Minute länger bei ihr bleiben konnte, ohne sie zu nehmen und zu wissen, dass sie seine war. Nur seine.

Sie sprang vom Sofa. „Wohin gehst du denn? Bist du wütend?"

Das war er nicht wirklich. Er musste nur wissen, wo er stand, und es war klar, dass er heute Abend keine Antworten bekommen würde. Sie brauchte Zeit, um sein Geständnis zu verarbeiten, Zeit, darüber nachzudenken, mit wem sie eine Zukunft haben wollte. Er blieb an der Tür stehen und sah sie nur an. Sie rang ihre Hände, ihre Stirn zerfurchte sich in einem besorgten Ausdruck.

„Ich bin nicht wütend." Er schob sich die ungebärdigen Haare aus den Augen. „Ich, na ja, wir werden morgen sehen. Und danach … denke ich, werden wir beide wissen, wo wir stehen."

Sie rang ihre Hände noch etwas mehr. „Mein Gehirn arbeitet nur in der Wissenschaft schnell. Sobald Emotionen involviert sind, kommt es zu einem quietschenden Halt. Bitte gib mir Zeit, das durchzudenken. Ich möchte –" Ihre Stimme erstickte. „Ich will das nicht vermasseln", schloss sie mit leiser Stimme.

Er ging zu ihr zurück, zog ihre Hände auseinander und umarmte sie. Sie sank gegen ihn. Er hatte immer das Gefühl, dass sie sich nach einer Umarmung sehnte, obwohl sie nie eine einleitete. Er hatte nur gesehen, wie sie ihre Schwester umarmte.

Sie drückte ihn fest, verbarg ihren Kopf an seiner Brust. Ich möchte dich nicht verlieren, Ian. Du bist mir so wichtig."

Seine Kehle verengte sich. Was sollte er dazu schon sagen? Sie hatten eine Geschichte. Sie waren Freunde, sie waren Geliebte, sie waren durch ihre Geschwister verbunden, sie teilten sich eine Nichte. So viele Verbindungen. Aber er brauchte mehr.

Er nahm ihre Arme von seiner Taille. „Ich sehe dich dann morgen."

„Okay", sagte sie leise.

Es verlangte ihm alles ab, aus der Tür zu gehen.

5

Kate lag in dieser Nacht im Bett und starrte an die Decke, während sie in Gedanken ihre Zeit mit Christopher durchging. Ihre Dates waren nett gewesen. Abendessen in gehobenen Restaurants, Action-Adventure-Filme, die beide mochten. Er drängte sie nie dazu, etwas anderes zu sein als das, was sie war. Schien ihren harten Fokus auf die Physik zu akzeptieren, die langen Stunden, die sie im Labor verbrachte. Er setzte auch lange Stunden im Krankenhaus ein, und sie dachte, das sei ein Plus in der Kompatibilitätsabteilung. Auf dem Papier war er ein idealer Freund, und sie konnte keinen wirklichen Fehler an ihm entdecken. Er war in jedem Maße attraktiv. Sie war sich sicher, dass viele Frauen ihn wollen würden.

Sie rollte sich auf die Seite und dachte an Ian. Dort wurden die Dinge düster und schwer zu verstehen. Sie konnte überhaupt nicht objektiv an ihn denken. Er hatte sich dauerhaft in ihrem Körper und ihrer Seele eingeprägt, weil er ihr erster gewesen war, als sie einundzwanzig war. Und dann waren sie Freunde geblieben, irgendwie, na ja, nicht wirklich Freunde. Freundschaftlich. Seine Freundin, Morgan, wollte nicht, dass sie als Freunde Zeit miteinander verbrachten. Sie hatte ihn bei zahlreichen Familientreffen mit Morgan gesehen. Und dann trennten sich Ian und Morgan. Ein Teil von ihr hatte gehofft, als sie ihn letztes Weihnachten, wenige Wochen nach seiner Trennung, sah, dass sie vielleicht wieder abhängen und die Nähe wieder herstellen konnten, die sie den Sommer, in dem sie einander kennengelernt hatten, gespürt hatte. Doch er hatte eine Freundin mitgebracht. Irgendeinen Tramp von Build-a-Bear. Sie war sich dumm vorgekommen und am Tag nach Weihnachten zur Arbeit zurückgekehrt.

Aber dann war er nur fünf Monate später bei ihrer Promotionsfeier, ohne dass eine Freundin in Sicht war. Dennoch hatte sie nicht erwartet, dass sie in dieser Nacht mit ihm schlafen würde. Nicht nur, dass sie am nächsten Tag zu ihrem Postdoc-Termin nach Chicago ging (das Forschungsprojekt wurde vollständig finanziert, und der zuständige Professor wollte sie am liebsten gestern dort haben), sondern nach ihrer Erfahrung mit den drei Männern, mit denen sie im ersten Semester der Graduiertenschule geschlafen hatte, wäre wiederholter Sex eine Verschwendung ihrer beider Zeit. Wenn ein Kerl nicht beim ersten Mal beste Arbeit im Schlafzimmer lieferte, würde das einfach nicht passieren. Nachdem sie bereits mit 21 Jahren mit Ian zusammen gewesen war, verstand sie nicht, warum Sex mit 25 Jahren anders sein sollte. Aber er hatte so seine Art, sie mit fünfundzwanzig genauso leicht wie mit einundzwanzig anzuziehen, dass ihre Libido ihr Gehirn vernichtend schlug. Darauf war sie nicht stolz. Sie hielt es für einen schrecklichen Charakterfehler und eine Gefahr für ihre Karriere. Als Frau musste sie doppelt so hart arbeiten, um sich im männlich dominierten Feld der Physik zu behaupten.

Also hatte sie in ihrem Akademikerhut und ihrer Robe dagestanden und sich vor der Zeremonie mit ihren Eltern über den Teilchenbeschleuniger unterhalten, mit dem sie bald während ihres Postdoktorats und ihrer geplanten Experimente arbeiten würde. Dann sah sie, wie Barry und Amber mit Ian kamen, der ihr Baby Violet hielt, und alle schlüssigen Gedanken verließen sie. Sie konnte nicht einmal auf das antworten, was ihre Mutter sie gerade gefragt hatte. Sie hatte nicht gewusst, dass Ian dort sein würde. Er hatte sie überrascht. Sie war schrecklich, wenn es um Überraschungen ging.

„Was machst du hier, Ian?", hatte sie ausgerufen.

Er grinste. „Ich wollte sehen, wie du deinen Abschluss machst. Herzlichen Glückwunsch! Ich habe gehört, dass du eine Algonmedaille gewonnen hast. Du musst so glücklich sein. Alles so, wie du es wolltest."

Sie wusste ganz genau, was er meinte. Sie hatte ihm auf der Hochzeit von Barry und Amber kurz nach dem Beginn der Graduiertenschule erklärt, dass sie sich ihrem Studium widmen musste. Das war ihre Reaktion darauf gewesen, dass er sie wiedersehen wollte. Sie hatte den Männern abgeschworen, nachdem ihre ersten zwei Monate am MIT ihr fünfmal Sex (drei Jungs) und einen gefährlichen Rückgang ihrer Noten von A auf B- eingebracht hatten. Sie war eine ernsthafte Physikerin und musste es schaffen, während ihr Geist noch jung und agil war. Und genau das hatte sie getan.

„Ich bin glücklich." Sie küsste Violets weiche Babywange. „Hallo Violet."

Die einjährige Violet lächelte und enthüllte eine ganze Reihe von Babyzähnen. „Tate", sagte sie.

„Kate", sagten sie und Ian gleichzeitig.

„Tate!", rief Violet.

Kate und Ian grinsten einander an. Violet war so niedlich.

Später, nach der Zeremonie und einem festlichen Abendessen mit der Familie, fragte Ian sie, ob sie mit ihm ein Bier in einer Bar in der Nähe trinken ging, um die Feier fortzusetzen.

„Ian, du weißt, dass Bier mich wuschig macht."

Er grinste und schob sich die gewellten braunen Haare aus den Augen. „Für mich ist das okay."

Sie kicherte. Er war so lustig. „Okay."

Ein Bier, und sie war auf seinem Schoß. Es war ein leichter Schritt von dort zurück in seine Wohnung. Er lebte in Boston, nicht weit von dem Ort, an dem sie zur Uni gegangen war, aber beide waren so beschäftigt gewesen, dass sie ihn nicht

gesehen hatte. Und die Freundin-Barriere hatte sie auseinan-
dergehalten, außer bei ein paar Familienveranstaltungen.

Ian brachte sie direkt ins Schlafzimmer und sie prallten
zusammen, als wäre seit ihrem letzten Kuss vor vier Jahren
keine Zeit vergangen. Der Stress und die Spannung dieser
vier Jahre harter Arbeit an der Graduiertenschule schmolzen
dahin, als Ian dafür sorgte, dass sie sich gehen ließ. Sein
Mund, hart und fordernd auf ihrem, ließ ihre Knie schwach
werden, ließ ihren Kopf dichtmachen. Sie schmolz gegen ihn,
als ihre seit langem schlafende Libido wieder zum Leben
erweckte. Er zog sich zurück, seine braunen Augen waren
heiß und brannten in ihre, als er begann, ihre Bluse aufzuknöpfen. Die Pause in der Aktion gab ihr genug Zeit zum
Nachdenken.

Sie rückte ihre Brille zurecht. „Weißt du, ich bin mir nicht
sicher, ob eine Wiederholung unsere Zeit wert ist."

Er zog das Band aus ihren Haaren, setzte ihre Brille ab
und legte beides auf den Nachttisch. Die Welt wurde
verschwommen. Dann legte er seine Arme um sie, seine
Hände auf ihren Hintern und drückte sie gegen seine Härte.
„Ich bin mir sicher, dass es das wert ist."

„Das erste Mal, dass wir zusammen waren, war kein Full-
Tilt-Boogie. Weißt du noch?"

Er stöhnte und rieb sich gegen sie, was sie vorübergehend
ihren Gedankengang verlieren ließ. Dann küsste er ihren Hals
und knöpfte den Rest ihrer Bluse auf, was sie wieder auf Kurs
brachte. Das erste Mal hatte sie ihn gedrängt, sich zu beeilen
und ihre Jungfräulichkeit zu nehmen. Und das hatte er. Kein
Orgasmus. Dann hatte er sie dazu gebracht, die Nacht bei ihm
zu verbringen, und hatte gesagt, dass ein zweites Mal
notwendig sei, um sicherzustellen, dass ihre Jungfräulichkeit
vollständig verschwunden sei. Immer noch kein Orgasmus.
Außer bei der Sache mit dem Mund.

Die Erinnerungen an ihr erstes Mal verblassten, weil Ian
genau in dem Moment über ihren ganzen Rock streichelte –
vorne, an den Seiten und hinten. Wahrscheinlich auf der
Suche nach dem Reißverschluss und gleichzeitig bemüht, sie

in Fahrt zu bringen. Sie drehte sich um. „Reißverschluss ist hinten."

Er öffnete ihn und schob den Rock über ihre Hüften. Sollte sie den Grund für ihr Zögern erklären? Vielleicht hatte er ein vernünftiges Argument, um sie auf die eine oder andere Weise zu beeinflussen. Die Vorteile einer solchen Diskussion –

Überrascht erkannte sie, dass sie völlig nackt war und Ian sie gierig anstarrte. Sie nutzte die Gelegenheit, um genau zu erklären, warum sie dachte, dass diese Wiederholung eine Zeitverschwendung sein könnte.

„Ian", hob sie an, um seine Aufmerksamkeit zu bekommen. Er schien auf ihre Brüste fixiert zu sein. „Ich hatte noch nie einen Orgasmus bei dir."

„Doch, hattest du. Du bist direkt gegen meinen Mund gekommen." Sein Hemd flog davon. „Ich habe jedes Beben gespürt."

Sie pochte bei der Erinnerung, fühlte aber trotzdem, dass sie ihren Standpunkt erklären musste. „Das zählt nicht. Es war kein Penis beteiligt."

„Es zählt nicht?" Er sprach jedes Wort klar aus, bevor er seine Jeans und Boxershorts fallen ließ. Seine Erektion sprang heraus, was sie vorübergehend ablenkte. Und dann rollte er ein Kondom über, von dem sie nicht einmal gewusst hatte, dass er es dabeihatte. Natürlich war ihr Sichtfeld –

Er zog sie flach gegen seinen Körper. Seine Hitze und Härte machten sie weich und sie rieb sich schamlos gegen ihn.

Mit einer großen Hand umfasste er ihr Gesicht. „Dieses Mal wird es ein Voll-Tilt-Boogie *mit* Penis sein. Das verspreche ich."

Sie war sich nicht so sicher, aber dann küsste er sie wieder, seine Hände waren an ihr, und ihr Gehirn hatte zugunsten ihrer Libido einen Kurzschluss. Sie stellte sich auf Zehenspitzen, damit sie besser passen würden, und keuchte, als seine Hand sie zwischen den Beinen umfasste. Plötzlich wollte sie nichts mehr, als ihn in sich zu haben, trotz all ihrer früheren Argumentation. Es war roh und urtümlich, und sie konnte es nicht bekämpfen. Sie stöhnte laut, konnte sich nicht mehr artikulieren, als er sie streichelte und seine Finger hineinglitten.

„Kate", ächzte er. Er zog sie mit sich aufs Bett, und sie prallten sofort wie starke Magnete aneinander, Arme und Beine verwickelten sich, als sie sich küssten und küssten und küssten. Dann rollte Ian sie auf ihren Bauch, legte einen Arm um ihre Taille und hob sie auf alle Viere hoch.

„Ich mag das so nicht", sagte sie über ihre Schulter. „Das machen die Jungs, wenn sie vergessen wollen, wen sie da nageln."

Er spreizte ihre Beine weiter. „Ich könnte dich niemals vergessen. Du sprichst die ganze Zeit."

„Tue ich nicht."

Er drückte gegen ihren Eingang. „Lass mich dir zeigen, wie es für dich funktionieren könnte."

Sie seufzte. „Na schön – oh!" Er hatte sich in sie hineingeschoben. „Wenn du darauf bestehst. Also, schau, das ist nicht sehr –" Seine Hand griff um sie und streichelte sie schnell. „Ah! Ich – oh, oh, oh."

„Das zählt, Kate", knurrte er in ihrem Ohr, als er mit tiefen, harten Stößen in sie hineinrammte. „Das zählt vollkommen. Penis beteiligt."

„Oh-oh-oh", sang sie. Der Druck war unerträglich. Er erschütterte ihre Welt. Und zwar buchstäblich. Erschütterte sie hart, er streichelte sie schnell, als spielte er eine Gitarre. „Ohgottohgottohgott", sang sie. Seine Hitze an ihrem Rücken, das Gefühl, von ihm umgeben zu sein, ließ die Intensität zunehmen. Sie verlor ihre Sprachfähigkeit, als die Lust eskalierte, immer höher, bis sich ihre Innenseiten am Rande der Erlösung zusammenzogen.

„Sag mir, dass es zählt", forderte er.

„Bitte!" Sie schnappte nach Luft. Sie war so nah dran.

„Sag es mir." Er stieß tief und hielt sie dort, seine bösartigen Finger fest an ihrem empfindlichsten Punkt, aber frustrierend unbeweglich.

„Es zählt!", schrie sie. Er bewegte sich wieder, stieß hart zu und streichelte sie, und sie sah Sterne, hilflos bebend, als er sie über die Kante brachte und weitermachte, sie an den Hüften packte, während er in sie pumpte. Es war wild und animalisch, und sie fiel erneut, ihr Körper verkrampfte sich um ihn herum. Sie schrie, bevor sie bei ihrer Erlösung noch härter als bei der ersten erbebte. Sie keuchte, überwältigt, als er weiter zustieß, die Lust immer noch intensiv, und dann ließ er mit einem heiseren Geräusch los. Sie wimmerte, als er in sie pumpte und empfindsame Elektroschocks in sie trieb. Schließlich hörte er auf und hielt sie an sich fest, beide mussten zu Atem kommen.

„Wow", sagte sie endlich. Ihr Gehirn funktionierte noch nicht ganz.

„Ja." Er streichelte ihr die Haare und küsste ihre Schulter. Dann zog er ihn heraus, und sie sank auf die Matratze. Er ließ sich neben ihr fallen und legte seinen Arm über ihren Rücken.

Nach einigen ruhigen Momenten brach Ian die Stille. „Das Timing war endlich gut für uns."

Das war erschreckend ungenau. Sie rollte sich auf die Seite und stützte sich auf einen Ellbogen. „Was meinst du?"

„Du hast dich akademisch bewährt. Vielleicht bist du jetzt bereit für … mehr."

„Das Timing könnte nicht schlechter sein. Ich breche morgen zu meinem Postdoc in Chicago auf."

Er drehte sich auf seine Seite, um sie anzusehen. „Warum hast du denn nichts gesagt, bevor wir miteinander geschlafen haben? Ich dachte, du hättest noch etwas Zeit, bevor du gehen musst."

„Es hat sich nicht ergeben." Wann hätte es? Sie hatte ihren Abschluss gemacht, Abendessen, Bier und dann Sex. Es hatte keine Zeit gegeben, über die Tatsache zu sprechen, dass sie morgen abreiste.

Sie schluckte, ihr Hals war plötzlich eng. Vielleicht hatte sie Angst gehabt, es ihm zu sagen. Heute war das erste Mal, dass sie ihn ohne eine Frau an seiner Seite gesehen hatte, und sie hatte Zeit mit ihm verbringen wollen. Sie hatte ihn vermisst; die Erinnerungen an ihren gemeinsamen Sommer vor all den Jahren hatten sie, während der langen, einsamen

Nächte, die sie studiert hatte, erwärmt. Sie schloss nicht leicht Freundschaften, meist hatte sie akademische Bekannte. Aber diesen Sommer mit Ian zu verbringen, war so einfach und so lustig gewesen.

Er zog sie an sich, sodass ihr Kopf an seiner Brust lag. „Wir könnten die Fernbeziehungs-Sache machen."

Sie hob den Kopf. „Ich glaube nicht, dass ich gut darin wäre." Was wäre, wenn sie sich in ihrer neuen Forschungsposition verlor? Sobald sie in die Physik eingetaucht war, vergaß sie die reale Welt. Sie würde ihm nur wehtun. „Lass uns das einfach als eine lustige Zeit zwischen Freunden bezeichnen."

„Kate, es war mehr als das."

Sie wusste nicht, was sie sagen sollte. Wie konnte sie erklären, dass sie sich selbst verloren hatte, als sie bei ihm war, und dass das gefährlich war? Sie konnte sich nicht sowohl in ihrer Arbeit verlieren und in ihm. Eines dieser Dinge würde leiden. Sie musste sich noch als Physikerin beweisen.

Sie setzte sich auf und verließ das Bett. „Ich sollte gehen."

Er grinste und schob sich die gewellten braunen Haare aus dem Gesicht. „Empfindest du denn gar nichts für mich?"

Sie faltete ihre Hände fest zusammen. „Ich denke, es ist jetzt einfacher, leb wohl zu sagen."

„Für dich."

Sie sah sich nach ihren Kleidern um und zog sich schnell an. „Ja, nun."

„Wirst du jemals dein Herz für irgendjemanden öffnen?"

Sie hatte das bereits. Ihm. Sonst wäre es nicht so schwierig gewesen. „Leb wohl, Ian."

Er schlug eine Faust auf die Matratze. „Du bist so verdammt kalt. Ich werde mich weiter umsehen!"

Heiße Tränen brannten in ihren Augen. Sie war nicht kalt. Sie tat einfach, was sie zu tun hatte.

Sie hatte es kaum aus der Tür geschafft, bevor sie weinte. Das erste Mal, dass sie geweint hatte, seit er ihren Annäherungsversuch vor vier Jahren abgewiesen hatte. Jedes Hoch und Tief in ihrem Leben in den letzten vier Jahren war gerahmt von ihrer Zeit mit ihm. Warum ging ihr Ian so nahe?

Unfähig, ihre eigene Frage zu beantworten, schlief sie schließlich unruhig ein. Sie war in einem Traum gefangen, bemühte sich, unlösbare Integrale zu lösen, ihr Geist steckte in einer obsessiven Schleife fest. Sie wachte verschwitzt und schlecht gelaunt auf. Ihre Emotionen waren völlig durcheinander, was es unmöglich machte, klar zu denken. Sie wusste, dass, wenn sie sich nicht für Ian entscheiden würde, er für immer aus ihrem Leben wäre. Aber was, wenn sie ja zu ihm sagte, beide wieder zur Arbeit gingen, und sie vergaß, ihn zurückzurufen oder auf seine Nachrichten zu antworten? Oder schlimmer noch, was wäre, wenn sie nur an ihn dachte und sie den Fokus auf ihre Arbeit verlor? Sie hätte nie einen Durchbruch in ihrer Forschung, wenn sie ihre ganze Zeit mit SMS und Sehnsucht nach ihm verbringen würde. Alles mit Christopher war so viel klarer. Beide machten ihr Ding und trafen sich, wenn es zweckmäßig war. Sie wurde nie von ihm abgelenkt. Christopher passte sauber in ihr Leben. Warum sollte sie sich für unordentlich entscheiden?

Sie nahm eine lange heiße Dusche, zog sich an und versuchte, an ihrem Laptop zu arbeiten. Nach ein paar Stunden ging sie spazieren, in der Hoffnung, dass sie davon einen klaren Kopf bekäme. Sie nahm den Weg am Lake Michigan entlang und tröstete sich mit einem ihrer Helden, Albert Einstein. Er hatte gesagt: „Probleme können nicht mit derselben Denkweise gelöst werden, die sie geschaffen hat." Sie brauchte eine neue Perspektive. Sie brauchte eine bahnbrechende Frage, um die Antwort auf dieses scheinbar unlösbare Problem zu finden.

Sie machte sich auf den Weg zu ihrem Lieblingsort in ganz Chicago auf – dem Museum of Science and Industry. Dort gab es viele tolle Ausstellungsstücke, die sie schon viele Male gesehen hatte. Die Wissenschaft auf dieser Ebene gab ihr Trost, aber nicht den Nervenkitzel der Entdeckung. Besonders mochte sie es, den Kindern zuzusehen, wie sie sich für die Wissenschaft begeisterten. Sie ging durch die Rotunde und ließ die Schönheit der Weihnachten-rund-um-die-Welt-Schau auf sich wirken, mit dem riesigen vierzehn Meter hohen Weihnachtsbaum in der Mitte und um ihn herum kleineren Weihnachtsbäumen, die von verschiedenen ethnischen Gruppen in der Gemeinde geschmückt worden waren. Sie ging ein Stockwerk hinauf, um den einen Schatz zu finden, der sich von allen wissenschaftlichen Exponaten völlig unterschied. Der eine ruhige Ort mit gedämpfter Beleuchtung, der ihr einen Einblick in eine magische Welt gab – das Märchenschloss.

Es war ein Quadratmeter herrliche Verzauberung. Es stammte aus dem Jahr 1935, und jedes Zimmer war perfekt in Miniatur mit winzigen Möbeln, winzigen Büchern und märchenhaften Gemälden, sogar Cinderellas Pantoffeln und Kutsche waren da. Ihre Eltern hatten sie nur Originalmärchen für ihre moralische Ausbildung lesen lassen, nicht die glücklichen „desinfizierten" Versionen, aber sie hatte dennoch viel Freude an Cinderella gehabt. Das Mädchen in Lumpen, das niemand bemerkt, das die Asche wegfegt, nur um in einer magischen Nacht verwandelt zu werden.

Sie ging langsam um das Schloss herum und tauchte gedanklich in jeden Raum ein. Die Miniaturperspektive beruhigte sie immer wieder und ließ sie sich diese kleine Welt vorstellen, denn vielleicht war ihre Welt (und ihre Probleme) nur eine Miniatur in der größeren Welt eines anderen. Die Kapelle hatte Buntglas vom Boden bis zur Decke, der große Saal eine Wendeltreppe und die Bibliothek besaß Miniaturbücher, mehr als hundert, handgeschriebene. Sie stellte sich vor, in solch verschwenderischem Luxus zu leben, in dem sie die lange Treppe in der großen Halle hinunter schritt, zu ihrem Lieblingsplatz, Cinderellas Salon, mit dem Miniaturschachbrett am Tisch saß, während jemand Klavier spielte. Nur wer wäre ihr Gegenstück? Wer würde sie mit Musik begleiten? War sie auf der Suche nach einem Partner oder irgendjemandem im Hintergrund, der ihr Leben hin und wieder mit einem hübschen Lied aufwertete? Sie umkreiste das Schloss eine Stunde lang, und obwohl sie sich ruhiger fühlte, hatte sie keine gute Antwort. Also ging sie zu einem privaten Gespräch mit ihrer geheimen Vertrauten Rosie.

Sie ging zum Museumsshop, wo sich eine Sammlung von Souvenir-T-Shirts befand, und hielt vor dem T-Shirt mit der stark aussehenden Frau, die ihren Bizeps präsentierte, stehen, deren Ausdruck sagte, dass sie nicht zum Scherzen aufgelegt ist – Rosie the Riveter. Obwohl Kate wusste, dass es sich bei der Frau um eine fiktive Gestalt handelte, die Frauen dazu hatte inspirieren sollen, in Fabriken zu arbeiten und ihrem Land zu dienen, während die Männer im Ausland im Zweiten Weltkrieg kämpften, war da etwas an ihrem Ausdruck, das sie dazu brachte, sich ihr anzuvertrauen.

Was soll ich wegen Ian tun?, fragte sie still.

Rosie starrte sie mit einem Ausdruck von *Was meinst du? Geh mit beiden zum Abendessen und triff eine Entscheidung* an.

Was, wenn ich mich nicht entscheiden kann? Was, wenn ich Ian verliere? Was, wenn ich Christopher verliere?

Du brauchst keinen Mann. Sieh mich an. Mir geht's ganz gut mit unseren Jungs im Ausland.

Vielleicht war das die beste Lösung. Schwöre den Männern ab. Das Leben war auf diese Weise viel einfacher. War es ihre letzten Jahre in der Graduiertenschule auch gewesen. Aber jetzt, da sie arbeitete, hatte sie angefangen, mehr über die Zukunft nachzudenken. Vielleicht zu heiraten und Kinder zu haben. Wenn sie die richtige Person finden könnte. Aber vielleicht hatte sie ihn vor Jahren gefunden und es einfach nicht gewusst. Ian war drei Jahre älter als sie. Das hatte sie damals an unterschiedliche Punkte in ihrem Leben gebracht, aber was, wenn sie jetzt endlich am gleichen Punkt waren? Natürlich war Christopher fünf Jahre älter und befand sich wahrscheinlich an einem ähnlichen Ort in seinem Leben.

Rosie blickte sie weiter an mit ihrem sachlichen Ausdruck, der sagte, *sei entschlossen, eine Wahl zu treffen und zu ihr zu stehen.*

Immer noch nicht sicher, was sie tun sollte, zog sie Rosie vom Kleiderbügel, und zum ersten Mal in ihren stillen

Gesprächen der letzten Monate zahlte sie und stopfte sie in ihre Handtasche als moralische Unterstützung.

Als sie nach Hause kam, wartete Ian auf sie. Er saß vor ihrer Wohnungstür. Schnell nahm sie ihren Fleecehut ab und glättete ihr Haar.

„Wie bist du hier reingekommen?", fragte sie.

„Einer deiner Nachbarn hat mir aufgemacht." Er stand auf und streckte seine langen Beine in Jeans aus. Sie mochte es sehr, wenn er Jeans trug. Sie zeigten seinen knackigen Hintern.

Sie rückte ihre Brille zurecht. „Ich sagte, dass wir uns heute Abend vorm Krankenhaus treffen würden."

„Mir war langweilig."

Sie dachte darüber nach. „Okay. Komm rein. Aber wir haben noch zwei Stunden Zeit bis zum Abendessen, die wir irgendwie rumbringen müssen." Sie steckte ihren Schlüssel ins Schloss und spürte seinen heißen Atem am Ohr, der sie unerklärlich erschauern ließ.

„Ich kann mir nicht vorstellen, was wir tun könnten, du?", fragte er.

Ihr Geist füllte sich sofort mit Erinnerungen an ihre gemeinsame Zeit. Ian hinter ihr, wie seine Hitze sie umgab. Ian auf ihr, wie er sich zwischen ihren Beinen niederließ. Sie drückte Rosie näher an sich und ging hinein.

Ian ließ sich aufs Sofa fallen und streckte die Hände hinter seinem Kopf aus. „Was hast du heute gemacht?"

„Ich habe mit einem Freund gesprochen." Sie gähnte hinter ihrer Hand, die Wärme der Wohnung machte sie schläfrig und erinnerte sie daran, dass sie letzte Nacht schrecklich geschlafen hatte.

„Du siehst müde aus. Sollen wir ein Nickerchen machen?"

Sie sah zum Schlafzimmer. Das klang so gut. Aber ein Nickerchen mit Ian? Sie drehte sich zurück, um ihm *Nein* zu sagen, und zuckte zusammen. Er stand direkt neben ihr. Sie hatte nicht einmal gehört, wie er vom Sofa aufgestanden war. Er nahm ihre Handtasche und ihren Hut und legte sie nieder. Dann begann er, ihren Wollmantel mit den geschickten

Fingern aufzuknöpfen, die auf der Computertastatur ihren Feinschliff bis zur Perfektion bekommen hatten und an einer Frau ebenso talentiert waren. Hitze überflutete sie. Warum fühlte sich Ian, der ihren Wintermantel auszog, wie ein Vorspiel an? Er berührte sie kaum.

„Ian", sagte sie als Protest, aber es kam ganz atemlos heraus.

„Schh, Schlafmütze." Er zog ihr den Mantel aus, drehte sie um und schob ihn von ihren Schultern und an ihren Armen herunter. Dann ging er zum Sofa und drapierte den Mantel über die Seite.

Sie zog ihre Stiefel aus, stellte sie an die Tür und sah ihn aus einer sicheren Entfernung von drei Metern an.

Sein Mund verzog sich zu einem entzückenden, schiefen Lächeln, dem sie kaum widerstehen konnte.

Sie hob eine Hand wie ein Stoppzeichen. „Du weißt, dass wir nicht schlafen werden, wenn wir da hineingehen." Sie hatte leider keine Kontrolle bei ihm. Und er konnte ziemlich überzeugend sein.

Er hob eine Schulter und senkte sie wieder. „Was auch immer passiert, passiert."

„Ian!" Sie atmete frustriert aus. Sie war wirklich müde und hatte gehofft, sich vor ihrem Doppelmann-Date ausruhen zu können, damit sie einen klaren Kopf hätte, der sie dazu bringen würde, die richtige Entscheidung zu treffen.

„Hey." Er ging zu ihr. „Ich verspreche, dich schlafen zu lassen, wenn du mich dich festhalten lässt."

Sie suchte nach etwas Verschlagenem in seinen warmen braunen Augen.

Er lachte. „Schau nicht so misstrauisch. Habe ich dich jemals angelogen?"

„Nein."

„Ich verspreche dir, dich nicht zu küssen, bis du Christopher abgesägt hast."

Sie ließ ihre Schultern hängen. Sie sollte Amber wirklich um Hilfe bitten, um eine Lösung für all das zu finden. Ian würde auf keinen Fall hilfreich sein.

„Gehen oder tragen?", fragte er.

„Hm?"

„Dann tragen." Er hob sie hoch und trug sie zum Schlafzimmer. Es fühlte sich so gut an, in diesen warmen, starken Armen gebettet zu liegen, dass sie überhaupt nicht protestierte, sich nur an seine Brust schmiegte. „Das ist mein Mädchen", murmelte er.

„Weck mich in einer Stunde", sagte sie.

Seinem Wort getreu steckte er sie unter die Daunendecke, legte ihre Brille auf den Nachttisch und sich in Löffelchenstellung an sie, eine Position, die sie aus irgendeinem Grund am besten bei ihm fand. Sie kuschelte sich an die Wärme seines Körpers. Er küsste sie nicht und streichelte sie nicht, hielt sie einfach wie versprochen, einen Arm um ihre Taille gelegt. Sie stieß ein Seufzen aus und war weg.

Sie wachte auf, als Ian ihr ins Ohr flüsterte: „Wach auf, Dornröschen."

Langsam bemerkte sie, dass seine Finger unter ihrem weiten Pullover auf ihrer nackten Bauchhaut ausgebreitet lagen. „Du sagtest, du würdest mich nur halten."

„Ich halte dich nur."

„Über meinen Kleidern", murmelte sie. Seine Hand verließ ihren Bauch, nur um ihr das Haar aus dem Gesicht zu streichen. Der Schlaf zerrte an ihr. Sie hatte sich seit ihrer Ankunft in Chicago nicht mehr so warm und entspannt gefühlt. Ihre Augen fielen zu.

„Willst du diesen Mann wirklich zum Abendessen treffen?", fragte er in rauem Flüstern.

„Mmm … schlafen."

Seine Lippen strichen über ihr Ohrläppchen, sein heißer Atem tanzte über ihrer Haut und weckte sie. „Ist dir schon mal aufgefallen, wie gut wir zusammenpassen?"

Sie hatte sogar ziemlich viel darüber nachgedacht. „Das Rumpf-Bein-Verhältnis sollte es nicht funktionieren lassen."

Er beugte seine Knie, was sie ihre Beine höher ziehen ließ und ihr gleichzeitig sehr bewusst machte, dass seine Härte in ihre Weichheit drückte. Ein tiefes Pochen zwischen ihren

Beinen zog ihre ganze Aufmerksamkeit auf sich. „Ian", sagte sie leise.

„Wir arbeiten", sagte er.

Er bewegte sich nicht, doch die elektrische Ladung der Anziehung flammte auf. Ihr Körper ging in den vollen Erregungsmodus, heiß und feucht, was er, wie sie vermutete, wusste. In seiner Nähe war sie so lüstern. „Das sollten wir nicht tun."

„Du hast *mich* nie mitten im Vorspiel verlassen." Er drückte sie auf den Rücken. „Küss mich jetzt."

„Ich kann nicht. Ich habe einen Freund."

Er streichelte ihre Wange und umfasste ihr Gesicht mit einer großen Hand. „Du hast mich schon einmal geküsst."

Sie konnte jetzt nicht mit ihm schlafen und eine Stunde später mit Christopher zum Abendessen gehen. Das war keinem gegenüber fair. „Ich habe dir doch gesagt, dass es dein Parfum ist."

Er bedeckte sie halb und lehnte sich über sie. „Tief einatmen, Baby. Dasselbe Parfum."

Sie kicherte. Er löste sich von ihr und sah auf sie hinab. Dann küsste er ihre Nasenspitze, was sie für okay hielt. „In Ordnung", sagte er. „Lass uns gehen."

6

———

Kate machte sich auf den Weg zum Warteraum der geschäftigen Notaufnahme und ließ sich mit Ian in einer Ecke abseits des Fernsehgeräts nieder, um zu warten. Christopher hatte ihr geschrieben, er wäre in fünf Minuten draußen. Ian ging zur Toilette. Sie trug ihr neues Rosie T-Shirt unter ihrem Pullover, damit sie die Kraft und Weisheit hatte, heute Abend eine gute Entscheidung zu treffen. Ian kam ein paar Minuten später zurück, stolzierte mit seinem langbeinigen Schritt auf sie zu, gerade als Christopher einige Schritte hinter ihm auftauchte. Beide Männer lächelten sie an, und sie starrte sie an, eine Studie in Kontrasten. Ian mit seiner entspannten Haltung, dem zerzausten Haar und den freundlichen braunen Augen. Christopher mit seinen schnellen, agilen Bewegungen, perfekten Haaren, die sich nicht bewegten, scharfen Augen, aber auch empfänglich für guten Humor. Sie stand abrupt auf. Ian erreichte sie zuerst.

„Hey, sie haben eins von Ambers Bildern hier", sagte er.

„Was? Wo?"

„In der Herrentoilette."

„Hi, Kate", sagte Christopher, beugte sich vor und gab ihr einen schnellen Kuss. „Danke, dass du mich hier abholst." Dann bot er Ian seine Hand an. „Dr. Christopher Cooper."

Ian schüttelte ihm die Hand. „Ian."

Normalerweise hätte sie die Einleitung mit der Tatsache korrigiert, dass Ian auch einen Doktortitel hatte, obwohl es sich um einen Doktortitel in Informatik handelte, nicht in Medizin. Aber sie war so beunruhigt von der Vorstellung, dass Ambers Gemälde in der Herrentoilette hing, dass sie beide Männer zurückließ und direkt dorthin marschierte.

„Hey, Lady!", sagte ein seltsamer Mann am Waschbecken. „Das hier ist die Herrentoilette."

Sie hielt inne und starrte. Dort hing über den Urinalen das seltene, höchst sammelbare, außergewöhnliche Aquarellgemälde, das sie Christopher erst gestern Abend geschenkt hatte. Zum Glück gab es keine Männer an den Urinalen, die sie erst verscheuchen musste.

„Eine Durchgeknallte", sagte der Mann, bevor er ging.

Sie nahm das Gemälde von der Wand und ging zur Tür hinaus, hielt es vorsichtig unter ihrem Arm. Sie ging zurück in den Warteraum, wo Christopher und Ian sie erwartungsvoll anschauten.

Sie hielt vor Christopher an und sagte so ruhig wie möglich: „Du hast dieses überlegte Geschenk, das ich dir gemacht habe, in der Herrentoilette aufgehängt?"

Ian trat einen Schritt zurück.

„Es passte nicht in meine Wohnung", sagte Christopher mit nicht einmal einem Hauch von Reue.

„Lüge! Es würde perfekt über die Rückseite des Sofas passen. Das ist ein Original von Amber Lewis-Furnukle!"

„Wer zum Teufel ist das?", fragte Christopher.

Ian machte ein Ts-Geräusch. Christopher drehte sich zu ihm um. „Halten Sie die Klappe."

Kate drehte durch. „Sag ihm nicht, dass er den Mund halten soll! Amber Lewis-Furnukle ist meine Schwester. Ich habe dir gesagt, dass meine Schwester dieses Gemälde angefertigt hat! Du dachtest einfach, dass ich das mit der Herrentoilette nicht rausfinden würde. Aber ich habe es! Offensichtlich hast du keine Ahnung von Kunst oder der Bedeutung meines Geschenks."

„Meinst du nicht, dass du ein wenig überreagierst?", fragte Christopher. „Es ist bloß ein —"

„Ich mache hiermit offiziell Schluss mit dir", sagte sie und fühlte sich nur erleichtert, als die Worte heraus waren. Er verstand sie einfach nicht.

„Warum?", fragte er, als würde sie nicht dort stehen und den riesigen Fehler seiner Entscheidung unter einem Arm halten.

„Warum!", schrie sie. „Muss ich das wirklich noch einmal erklären? Weil du mein Geschenk in der Herrentoilette aufgehängt hast! Und du gibst mir keinen heißen Schauer! Und du bist nur eine Sieben!"

Er ging zu ihr, und sie spürte, wie sie rot wurde.

Christopher verzog das Gesicht. „Hier geht es überhaupt nicht um das Gemälde." Er deutete mit einem Daumen in Ians Richtung. „Es geht um ihn."

Sie hob ihr Kinn. „Leb wohl, Christopher."

Er schüttelte den Kopf. „Wie auch immer. Ich habe echte Arbeit zu tun und keine Zeit für Drama." Er ging zurück ins Krankenhaus und stürmte durch die Tür, auf der Kein Zutritt stand.

„Was für Drama?", fragte sie Ian. „Es war vollkommen berechtigt, dass ich wegen dieses Gemäldes wütend war."

Ians warme braune Augen trafen ihre, und zum ersten Mal, so aufgebracht sie auch war, fühlte sie wirklich die Liebe, die von ihm kam. Er trat näher und sah auf sie hinab. „Das war es absolut."

Oh Gott, sie war so töricht gewesen. Wie hatte sie nicht wissen können, die ganze Zeit nicht wissen können, dass Ian sie liebte? Sie war so verkopft, dass sie sich nicht fühlen ließ. Aber jetzt war sie von Emotionen überwältigt, ihr Hals fühlte sich eng an, und ihre Augen stachen mit unvergossenen Tränen von etwas so Kraftvollem, dass sie sich wie ein vollständiger Idiot fühlte, weil sie es übersehen hatte. Vorsichtig lehnte sie das Gemälde gegen einen Stuhl.

Er öffnete seine Arme für sie.

„Ian", brachte sie hervor, bevor sie sich in seine Arme warf.

Und dann küsste er sie, und sie brauchte Rosie nicht, um ihr zu sagen, dass sie die richtige Wahl getroffen hatte.

Jemand pfiff, und sie löste sich von ihm, plötzlich ihres Publikums bewusst. Er hob das Gemälde auf und steckte es unter einen Arm, dann schnappte er sich ihre Hand, und sie gingen aus der Tür.

„Und was jetzt?", fragte Kate, nachdem sie einen Block vom geschäftigen Krankenhauseingang entfernt waren.

„Jetzt bringen wir dieses Gemälde sicher zurück in deine Wohnung und dann beginnen wir, offiziell Freund und Freundin zu sein."

Die Nervosität packte sie, und sie blieb stehen. „Ian?"

Er drehte sich zu ihr zurück. „Was?"

„Ich bin mir nicht sicher, wie die Fernbeziehungssache funktionieren wird." Sie rang ihre Hände. „Das möchte ich jetzt nicht vermasseln."

Er hob einen Mundwinkel. „Du denkst, wir brauchen einen Plan?"

Sie sackte fast zusammen vor Erleichterung. „Ja, ein Plan wäre großartig."

„Hmm … lass mich darüber nachdenken." Er rief ein Taxi. „Komm schon." Er legte das Gemälde vorsichtig in den Kofferraum des Taxis, und sie fuhren zurück zu ihrem Haus.

Ian schob seinen Arm auf dem Rücksitz um sie herum. „Ich erinnere mich noch, als Amber dieses Gemälde gemacht hat. Ich habe gescherzt, sie sollte der Kuh Barrys Gesicht malen."

Kate lachte. „Du bist so lustig."

„Jetzt ist es zurück bei seinem rechtmäßigen Besitzer."

„Ja."

Er schob ihr eine Strähne aus dem Gesicht. „Weißt du, was ich glaube?"

Sie runzelte die Stirn. „Ich bin grässlich im Raten, was andere denken."

„Ich denke, wir sollten auf ein Date gehen, um den Freund-Freundin-Teil zu beginnen."

„Was sollen wir tun?"

„Wie wäre es mit dem Museum of Science and Industry?"

„Das ist mein Lieblingsort in Chicago!"

„Nein!", rief er übertrieben überrascht. „Das größte Wissenschaftsmuseum der westlichen Hemisphäre ist etwas, das dich interessiert?"

Sie grinste. „Du wusstest es. Können wir das morgen tun?"

„Ja." Er zog sie an sich, und sie legte ihren Kopf auf seine Brust, wo sie perfekt passte. „Heute Abend nehme ich dich mit in mein Hotelzimmer."

„Das klingt gut."

Er lehnte sich hinunter und flüsterte ihr ins Ohr: „Und ich höre nicht auf, bis du eine Zehn hattest."

Er hatte ihr beim letzten Mal, als sie zusammen waren, bereits eine Zehn gegeben, aber sie behielt das für sich, weil sie nichts gegen eine weitere Zehn hatte. „Du könntest es versuchen."

Er kitzelte ihre Rippen. Sie kicherte. „Ich kann es also versuchen, wie?"

„Ja!", sagte sie lachend, und dann küsste er sie wieder, und es gab keinen Ort, an dem sie lieber gewesen wäre, als den Rücksitz im Taxi eines Fremden, ganz in seine Arme geschmiegt.

~

„I-an!", schrie sie, bevor eine weitere erschütternde Erlösung durch sie rollte. Sie stöhnte, als er schließlich seinen Kopf zwischen ihren Beinen hob. Sie waren in einem King-Size-Bett in seinem Hotelzimmer. Ian hatte keine Zeit damit verschwendet, sie nackt und ins Bett zu bekommen. Sie hatten noch nicht einmal zu Abend gegessen. Er sagte, er habe nur Hunger nach ihr.

„Ja?", sagte er mit einem teuflischen Glanz in seinen braunen Augen.

„Das war nicht das, was ich mit einer Zehn meinte! Es ist nicht die Quantität von Orgasmen. Es ist die Qualität der Erfahrung!"

Er bewegte sich an ihrem Körper nach oben und hielt inne, um ihren Bauch, ihre Rippen, ihre Brüste und schließlich ihren Mund zu küssen. „Es war nicht die Quantität? Bist du dir sicher?"

Er schmiegte sich an ihren Hals und spielte mit ihrer Brust, wobei er ihren Nippel mit dem Daumen anschlug. Unglaublicherweise rasten Schockwellen bei der Empfindung durch sie. Er hatte sie bereits dreimal kommen lassen.

„Zehn Orgasmen sind menschlich nicht möglich", keuchte sie.

Er hob seinen Kopf und sah sie an. „Lass uns diese Hypothese testen."

„Das ist keine valide Annahme. Das habe ich schon nach dem zweiten erklärt."

„Es ist schwer, etwas zu hören, wenn deine Oberschenkel meine Ohren bedecken." Er kniff in ihren Nippel, und sie zuckte zusammen, war klitschnass vor Lust. „Ich werde der Forscher sein und du mein Projekt."

„Kontrollgruppe?" Sie konnte nicht anders, als zu fragen.

„Jene Siebener in deiner Vergangenheit, die du nie wieder haben willst."

Seine Hand rutschte ihren Körper hinunter und umfasste ihre Scham. Sie schrie. Sie war viel zu gereizt dort, um noch mehr ertragen zu können.

Er schenkte ihr ein langsames, sexy Lächeln. „Also, was genau ist eine Zehn?"

Sie schob seine Hand weg. „Du musst aufhören, mich zu berühren, damit ich es erklären kann."

„Nur zu." Er zog ein Kondom hervor und rollte es sich über. Dann kehrte er zurück und ließ sich zwischen ihren Beinen nieder, stützte sich auf seine Unterarme über ihr und wartete auf ihre Erklärung.

„Nun, es gibt Kategorien."

„Wirklich? Welche Kategorien?" Er stieß sanft gegen sie, und sie stöhnte. „Sag es mir."

„Bitte!" Sie schnappte nach Luft.

Er hielt inne. „Okay, jetzt sag es mir."

„Dicke, Geschicklichkeit, Gegenseitigkeit und Dominanz auf Alpha-Ebene."

In einer schnellen Bewegung legte er ihre Handgelenke über ihren Kopf. „Alles klar." Er nahm sie mit einem harten Stoß.

„Oh-oh-oh-oh", sang sie und gerade, als sie das vertraute Anziehen spürte, das bedeutete, dass sie gleich loslassen würde, hob er sie von sich ab, drehte sie um und legte sie wieder hin, beugte sein Knie so, dass sie mehr Reibung bekam. Dreimal streicheln später schrie sie.

„Das waren vier", sagte er.

Sie lag einfach dort, vollkommen schlaff, rittlings auf seinem Bein. „Ich bin fertig."

Seine Hand streichelte ihren Rücken hinunter. „Ich nicht."

Sie ächzte.

Ian rutschte sein Bein nach unten, ließ Kate gleiten und hob sie dann auf alle Viere, damit er die Kontrolle wieder übernehmen konnte. Sie waren jetzt am Fuß des Bettes, sodass er sich zumindest keine Sorgen machen musste, dass ihr Kopf gegen das Kopfteil schlug. Sie stöhnte, als er einen Arm um ihre Taille schlang. Er musste jetzt kaum noch etwas tun, um sie anzutörnen, sie war in einem fieberhaft hohen Erregungszustand, klitschnass davon und fühlte sich überall heiß. Er liebte es, dass er sie dazu bringen konnte. Er hatte noch nie Gelegenheit gehabt, sich so viel Zeit nehmen zu können, sie um den Verstand zu bringen. Er drang tief ein, und sie stöhnten beide. Nichts war wie in ihr zu sein, eng und um ihn herum geklammert.

„Lass uns und an die Fünf machen", knurrte er in ihr Ohr.

Sie zitterte bei den Worten, was erstaunlich war, weil er sich kaum bewegt hatte. Aber dann tat er es, indem er seine Hand herumschob, um sie zu streicheln, und pumpte in sie. Sie begann, „Ohgottohgott" zu singen. Als sie aufhörte, Geräusche zu machen, wusste er, dass sie nahe war. Er brauchte seine eigene Erlösung, nachdem er sie viermal beim Kommen beobachtet hatte, also machte er einfach, stieß tief, während er eine Hand auf ihrer harten Knospe hielt, sie gegen seine Finger stoßen ließ, während sie immer wieder sang und ihn weiter drängte, worauf sie still wurde und mit einem heiseren Schrei gegen ihn erschauderte. „Das waren fünf", knurrte er, bevor er losließ. Er packte ihre Hüften und verlor sich selbst, pumpte, bis ihm nichts mehr blieb.

Einige Augenblicke später zog er sich heraus, und sie brach auf dem Bett zusammen. Mehrere Augenblicke lang bewegte sie sich nicht. Nicht einmal ein Stöhnen.

„Kate?"

Nichts.

Er hob sie hoch, legte sie am anderen Ende des Bettes nieder und ihren Kopf auf das Kissen. Sie schlief bereits tief und fest. Er weckte sie später zur Nummer sechs.

Kate wusste, dass Ian sein Versprechen halten und mit den Nummern sechs bis zehn weitermachen würde, was er am nächsten Morgen tat. Sie hatte entdeckt, dass, sobald sie einen Höhepunkt in ihrer Erregung erreicht hatte, multiple Orgasmen mit Leichtigkeit kamen. Diese Entdeckung war sehr willkommen und würde in ihrer Zukunft mit ihm für viele Zehner sorgen.

Nachdem sie am Abend zuvor eingenickt war, wachte sie kurze Zeit später zu einem Abendessen vom Zimmerservice auf, das er für sie bestellt hatte. Dann hatten sie die Nacht im Bett zusammengekuschelt verbracht, sie saß zwischen seinen Beinen, er hatte seine Arme von hinten um sie gelegt, während sie fernsahen und sich gegenseitig von ihrem Leben erzählten. Ian drängte auf Pläne nach ihrem Postdoc, aber sie wusste es noch nicht. Sie hatte immer auf eine Festanstellung an einer Universität gehofft, an der sie ihre Forschung fortsetzen konnte, aber welche Universität eventuell eine Stelle für sie hatte, war noch ungewiss. Sie hatte sich auch Gedanken über ein einjähriges Stipendium an einer Forschungseinrichtung wie dem Large Hadron Collider in Genf gemacht. Es war wirklich noch zu früh, um es zu wissen, und das sagte sie ihm.

Er hatte sie in seinen Armen herumgedreht, um ihr in die Augen zu sehen. „Stell einfach nur sicher, dass du mich für zukünftige Pläne auf dem Laufenden hältst. Ich möchte, dass wir gemeinsam eine Zukunft haben."

„Das werde ich", versprach sie.

Als Reaktion küsste er sie zärtlich, bevor er sie zurück in seine Arme zog. Aber sie war schon nervös, das nur zu sagen. Es war so schwer zu wissen, was die Zukunft bringen würde, und sie hasste die Idee, ein Versprechen zu brechen oder ihm zu schaden, selbst wenn es unbeabsichtigt war.

Jetzt gingen sie bei ihrem ersten Date zum Museum of Science and Industry. Er blieb stehen und küsste sie direkt vor dem Museum. Sie war diese spontane Intimität in der Öffentlichkeit nicht gewöhnt und fühlte, wie ihre Wangen sich erhitzten. Er rückte ihren Fleece-Hut um ihre Ohren zurecht, und diese einfache, zwanglose Geste der Fürsorge erfüllte ihr Herz mit Freude. Er ging weiter, und sie stieß einen kitschigen Seufzer des Glücks aus.

Ian war noch nie zuvor in dem Museum gewesen, und sie zeigte ihm alle ihre Lieblingsexponate. Beinahe hätten sie das Märchenschloss ausgelassen, weil sie dachte, dass ein Kerl sich nicht dafür interessieren würde. Doch er deutete auf dem Lageplan darauf. „Hey, das haben wir vergessen."

Sie errötete. Manchmal dachte sie, das Exponat wäre nur für sie da.

Er lächelte. „Du magst es, nicht wahr?"

„Es ist ein Kunstwerk."

„Na, dann los, schauen wir es uns an!"

Ian verschränkte seine Finger mit ihren, und sie gingen hinüber. Sie wies auf jede coole Sache im Schloss hin. Er war besonders beeindruckt, dass tatsächlich Wasser aus dem Mund des Delphins in der Badewanne im Badezimmer der Prinzessin sprudelte. Es war erstaunlich, wenn man an die Handwerkskunst in Miniaturform dachte. Viele der Stücke waren historisch und Hunderte von Jahren alt, wie die winzigen bernsteinfarbenen Vasen der Kaiserinmutter von China, und einige alte Stücke in der großen Halle, beispielsweise eine zweitausendfünfhundert Jahre alte römische Büste. Sie erzählte ihm alles, was sie über jedes Stück wusste.

„Welcher Teil ist dein Favorit?", fragte Ian und blickte sie an. Eine Locke dunkelbraunen Haars fiel ihm in die Augen.

Sie schob sie beiseite. „Alles."

„Die große Halle?"

„Ja."

„Der Schachtisch?"

„Ja. Und Cinderellas Kutsche im magischen Garten und ihre gläsernen Pantoffeln in der großen Halle."

Er legte einen Arm um sie. „Du bist insgeheim eine Romantikerin, stimmt's?"

Ihre Wangen brannten. „Dafür bin ich zu praktisch."

„Du solltest eines Tages ein schönes Kleid wie Cinderella tragen."

Sie schnaubte. „Ich weiß nicht, wann ich das tragen sollte."

„Wir könnten eine Gelegenheit finden", sagte er mit einem geheimnisvollen Ton.

Sie wusste nicht, was er meinte, und versuchte nicht einmal zu raten. „Wie zum Beispiel?"

„Du wirst schon sehen", sagte er.

„Ich kann nicht gut mit Überraschungen umgehen."

„Das habe ich gemerkt", sagte er trocken.

Danach gingen sie im Museumsshop zum Weihnachtseinkauf für Violet. Ian kaufte ihr violetten Sand, der seine Form beibehielt. Kate im Dunkeln leuchtende Sternbilder-Aufkleber für ihre Zimmerdecke. Sie achtete darauf, dass sie zu einem Sommerhimmel arrangiert waren, und stellte sich vor, Violet würde dann im Sommer mehr Zeit im Freien verbringen und den Himmel betrachten. Sie überlegte lange Zeit, ob sie ein Kinder-T-Shirt kaufen sollte, auf dem „Chicago" stand, oder eines mit „Sprich nerdy mit mir", während Ian sich im Laden umsah. Schließlich entschied sie sich für das Chicago-Shirt, weil sie fand, dass das Label „Nerdy" auf ein Kind eine nachteilige Wirkung haben konnte. Auf dem Weg zur Kasse kam sie an einer Sammlung von Regalen mit weiteren Kindersachen vorbei. Sie nahm eine rosafarbene Haarspange mit einem kleinen Frosch in der Mitte aus einem Regal und ging weiter zur Kasse. Sie legte die Dinge auf die Theke, machte dann kehrt und nahm eine zweite Spange, damit sie und Violet zusammenpassten. Sie hatte noch nie etwas in Rosa und definitiv nichts mit Rüschen gehabt. Sie lächelte vor sich hin, als sie für alles bezahlte.

Sie traf Ian vor dem Laden. Er nahm ihre Tasche, um sie für sie zu tragen. „Lass uns irgendwo zu Abend essen, und dann schauen wir uns die Weihnachtsbeleuchtung im Lincoln Park Zoo an."

„Das klingt gut." Sie mochte die Weihnachtszeit, hatte aber noch keine Gelegenheit gefunden, selbst zu dekorieren.

Das Abendessen mit Ian war so entspannt und lustig – er brachte sie immer zum Lachen, und er war so ein guter Zuhörer –, dass Kate begann, wirklich zu glauben, dass sie diese Fernbeziehungssache machen könnten. Wenn sie genügend Erinnerungen anhäufen würden, wäre es vielleicht nicht allzu schwer, lange voneinander getrennt zu sein. Sie hatte befürchtet, dass die Sehnsucht zwischen den Besuchen ihre Gedanken verzehren würde, aber vielleicht wäre sie einfach zufrieden.

Als sie im Zoo ankamen, waren sie eines von nur wenigen Paare dort. Es waren fast alles Familien.

„Hast du schon mal daran gedacht, Kinder zu haben?", fragte Ian.

„Ja. Vor allem seit Violet geboren wurde."

Er drückte ihre Hand. „Wie viele willst du?"

„Zwei. Ich möchte nicht, dass die Kinder uns an Zahl überlegen sind."

Sein Blick war warm, sein Ton rau. „Uns?"

Sie schüttelte den Kopf. Sie hatte nicht vorgehabt, so weit vorzupreschen. Dies war schließlich ihr allererstes Date. „Ich meine, die Erwachsenen. Schau!" Sie zeigte auf etwas. „Der Pavillon sieht hübsch aus, so beleuchtet. Ich frage mich, ob sie die Stromstärke erhöhen müssen, um all die Lichter zu speisen."

Ian neigte ihren Kopf zurück und lachte. „Ich mag es, mit dir zusammen zu sein."

Sie drehte sich zu ihm um. „Ich mag es auch. Natürlich war es nur ein Date. Dann haben wir noch fünf Tage." Sie ließ ihre Schultern hängen. „Es ist nicht genug Zeit. Wir werden Weihnachten mit der Familie verbringen, und dann fliege ich zurück. Es gefällt mir, wenn wir ganz allein sind."

Seine Hand umfasste ihren Kiefer. „Wir haben danach mehr Zeit."

„Wann?"

„Wir werden uns mit deinen Pausen und meiner Urlaubszeit arrangieren."

„Siehst du, das meine ich. Ich glaube wirklich, dass wir einen Plan brauchen, um Erwartungen festzulegen. Ich möchte nicht —"

Ihre Sorgen verflogen, als er sie küsste. Sie fiel in das köstliche schwindelerregende Gefühl und stellte sich auf Zehenspitzen, um mehr zu bekommen. Er zog sich zurück und gab ihr einen weiteren kurzen Kuss.

„Ian", tadelte sie ihn, „du hast mein Gehirn wieder kurzgeschlossen."

Er grinste. „Das war die Idee."

Sie rang ihre behandschuhten Hände. „Ich will dir nicht wehtun. Was, wenn ich meinen Kopf in Gleichungen verliere und vergesse, dir zurückzuschreiben?"

Er legte seine Hände über ihre. „Würde es dir ein besseres Gefühl geben, wenn wir einen Zeitplan hätten?"

Erleichterung rauschte durch sie. „Ja."

Er drehte sie zurück zur Pavillon-Beleuchtung und legte seine Arme von hinten um sie, damit sie die Lichter zusammen betrachten konnten. „Wie wäre es mit Telefonsex jeden Freitag?", fragte er mit heiserer Stimme direkt in ihr Ohr.

Sie versteifte sich, war sowohl fasziniert und schockiert. „Ich bin mir nicht sicher, ob ich das am Telefon tun könnte."

„Ich bin mir sicher, das könntest du." Er knabberte an ihrem Hals, und ein elektrischer Ruck lief durch sie. „Können wir diese Prämisse akzeptieren?"

Sie wurde ernst. „Ich brauche deine Hitze und Härte, die sich an mich drückt, deine –" stöhnte er. „Was?"

„Es wird dir schon gefallen."

„Nur mit Worten?"

„Wir werden einige optische Details hinzufügen, wenn die Worte nicht genug sind. Vielleicht werde ich dir einige Anweisungen geben, die uns beide befriedigen werden."

„Anweisungen", echote sie.

Er schmunzelte. „Ja."

Ian hatte immer klare, verständliche Erklärungen abgegeben, wenn nötig. „Okay."

„Sonntagabend Skype für ein regelmäßiges Gespräch."

„Das ist perfekt, weil ich jeden Sonntagabend mit Violet skype."

„Ja. Skype nach ihr privat mit mir."

„Okay." Sie drehte sich in seinen Armen um. „Was ist unter der Woche?"

„Wie sieht dein Zeitplan aus?"

„Ich arbeite jeden Tag, bis ich meine Augen nicht offenhalten kann."

„Und wie spät ist das?"

„Normalerweise etwa neun oder zehn. Manchmal Mitternacht."

„Im Ernst?"

Sie nickte. „Oft kommen dann die Durchbrüche. Wenn alles ruhig ist und ich absolute Konzentration habe."

„In Ordnung. Wie wäre es, wenn du mir schreibst, sobald dir die Augen zufallen?"

„Was, wenn du mir schreibst und ich beschäftigt bin?"

Er küsste sie kurz und tippte ihr auf die Nase. „Dann schreib mir zurück, wenn du nicht beschäftigt bist."

„Und du wärst nicht wütend?"

Er schenkte ihr sein anbetungswürdiges schiefes Lächeln. „Nö."

„Du darfst mir keine schmutzigen Dinge schreiben", warnte sie. „Weil ich mich dann nicht fokussieren kann."

Er packte ihre Hüfte und zog sie an sich. „Awww … Du nimmst mir den ganzen Spaß."

Es war nicht das erste Mal, dass sie jemand beschuldigt hatte, keinen Spaß zu haben, und sie wollte wirklich Spaß für ihn sein. „Ich habe dann nur … einen Kurzschluss."

Er küsste sie an einer empfindlichen Stelle direkt unter ihrem Ohr, die heißes Prickeln über ihren Hals sendete. „Von deinem Gehirn bis zu deiner Libido, davon habe ich gehört."

„Und du löst ihn jedes Mal aus!"

Er packte sie und wirbelte sie herum. „Ich liebe dich, Kate." Er setzte sie wieder ab, und sie legte ihre Hand an den Mund. Er nahm ihre Hand und hielt sie. „Warum bist du so überrascht, wenn ich das sage?"

„Ich weiß nicht. Ich bin einfach nicht daran gewöhnt, diese Worte zu hören."

Er sah sie besorgt an. „Haben deine Eltern es dir nie gesagt?"

„Nein." Er streichelte ihre Wange, und sie fürchtete, dass er anfing, sie zu bemitleiden. „Du musst kein Mitleid mit mir haben! Die zugrunde liegende Annahme war, dass meine Eltern mich liebten. Sie hätten sich nicht so gut um mich gekümmert, wenn sie es nicht getan hätten. Grenzen und Regeln wurden benannt. Ich bin in dieser Umgebung gediehen." Sie sah in seine freundlichen braunen Augen und bemerkte eine Zärtlichkeit, die sie nie bei ihren Eltern gesehen hatte. Ihre Kehle war voller Emotionen, als sie erkannte, dass die Umgebung, in der sie aufgewachsen war, vielleicht doch nicht so normal gewesen war, wie sie gedacht hatte. „Ich kann das L-Wort nicht wie ein normaler Mensch sagen!", rief sie.

Ian zog sie an sich heran, und sie sackte gegen ihn. „Hey, ist okay", sagte er. „Und ich bin sicher, dass deine Annahme über deine Eltern richtig ist. Amber hat dir gesagt, dass sie dich liebt, nicht wahr?"

„Ja", sagte sie über den Kloß in ihrer Kehle. Sie hatte das Gefühl, dass etwas mit ihr ernsthaft nicht stimmte. Sie wünschte sich, sie könnte sich so leicht ausdrücken wie Ian und Amber.

„Und sagst du es jemals zu Amber?", fragte Ian.

Sie hob den Kopf. „Ich versuche es, aber die Worte bleiben stecken, und dann umarmt sie mich."

„Aber du fühlst die Dinge", sagte er, „tief im Inneren."

Sie war so froh, dass er gut raten konnte, weil sie nicht gut im Erklären war. „Ich fühle so viel, aber es kommt einfach nicht so heraus, wie es das bei anderen Menschen tut."

Er nahm ihren Kopf und hielt sie an seiner Brust. „Du bist einzigartig. Deswegen liebe ich dich."

Sie drückte ihn noch fester, in der Hoffnung, dass er durch den zusätzlichen Druck erraten konnte, wie viel er ihr bedeutete, weil die Worte für immer in ihrem Hals gefangen waren.

7

———————

Die Tage verflogen, als sie und Ian jeden Abend nach der Arbeit zu Dates gingen und er sie zum Mittagessen bei der Arbeit traf. Das Labor war in der Woche zwischen Weihnachten und Neujahr geschlossen (obwohl sie geplant hatte, von zu Hause aus zu arbeiten), und sie wollte vor Weihnachten ein paar Dinge abschließen. Ian war eine große Ablenkung, aber das Labor war fast leer, weil die Leute über die Feiertage wegfuhren, was es einfacher machte, sich zu konzentrieren. Jeden Tag nach einem gemeinsamen Mittagessen in ihrem Büro, schaltete Ian die Lichter aus und verschaffte ihr einen kleinen Stimmungsaufheller. Beim ersten Mal wusste sie nicht einmal, was er meinte. Er hatte ihr gesagt, dass sie müde aussah, und das Licht ausgeschaltet.

Sie hatte gelacht. „Du erwartest, dass ich hier ein Nickerchen mache?"

„Ich werde dir einen kleinen Stimmungsaufheller verschaffen." Sie fühlte seine Hitze, jetzt nahe, und seine Stimme rumpelte in ihrem Ohr. „Einen kleinen Energiekick."

Er drehte sie um und legte seine Arme von hinten um sie, knabberte an ihrem Hals und küsste ihn.

„Ich bekomme einen Ruck, wenn du mich so beißt", sagte sie ihm.

„Ach, ja?" Seine Zähne kratzten an ihrem Hals hinunter, während er ihre Jeans aufknöpfte.

Sie war außer Atem. „Ian." Das konnten sie hier nicht tun.

„Schrei nur nicht", sagte er mit rauer Stimme in ihr Ohr.

Sie wurde feucht und erinnerte sich an all die Zeiten, in denen er sie in seinem Hotelzimmer zum Schreien gebracht hatte. Sie wand sich, aber er hielt sie fest, einen Arm um ihre Taille gelegt. „Ich kann nicht still bleiben, wenn du –" Der Reißverschluss ihrer Jeans ratschte nach unten. „Oh Gott", sagte sie.

Er zog die Jeans zusammen mit ihrem Höschen hinunter, und sie wusste, dass sie protestieren sollte. Es liefen immer noch einige Physiker durch die Gänge. „Hier sind Leute ..." Ihre Stimme versagte, als seine Hand unfehlbar in ihre Mitte glitt, und ihr Gehirn machte dicht.

„Ah", sagte er, sein Atem heiß an ihrem Ohr. „Ich liebe deinen Kurzschluss."

Sie erstarrte, weil er fast hämisch klang, aber seine Finger zwickten sie und ließen feuriges Vergnügen durch ihre Glieder schießen, sie aufschreien und weich werden. Er drehte sie um, drückte sie gegen die Wand, bedeckte ihren Mund mit seinem und dämpfte ihre Schreie, als er sie in fieberhaftem Ansturm zum Höhepunkt brachte.

Und während sie keuchend und überraschend voller Energie gegen die Wand sackte, schaltete er das Licht ein. Sie schloss ihre Augen gegen das grelle Licht und spürte, wie er ihr Höschen und ihre Jeans wieder hochzog.

„Magst du deinen Stimmungsaufheller?", fragte er, während er den Reißverschluss und den Knopf an der Jeans schloss.

Sie strahlte. „Das hat wirklich funktioniert! Was werde ich bloß tun, wenn du nicht mehr jeden Nachmittag hier bist, um das zu machen?"

Er umfasste ihren Kiefer und küsste sie. „Dann kannst du an mich denken. Vielleicht kaufe ich dir einen Vibrator für die Arbeit. Du kannst ihn Ian nennen."

Sie musste unwillkürlich lächeln. Sie konnte sich nicht

daran erinnern, jemals so viel gelächelt zu haben, wie sie es in seiner Nähe tat. „Du bist verrückt."

„Nach dir."

„Ich auch."

Er grinste. „Komm an meinem Hotel vorbei, wenn dir die Augen zufallen."

Dann ging er, und sie machte sich mit neuem Enthusiasmus und neuer Energie an die Arbeit und mit dem Wissen, dass eine zeitgesteuerte Ablenkung tatsächlich einen Mehrwert für ihre Forschung schaffen könnte.

Kate starrte am Tag vor Heiligabend eifrig auf ihre Geschenke von Ian. Sie saßen bei ihr zu Hause auf dem Sofa im Wohnzimmer, weil Ian aus dem Hotel ausgecheckt hatte. Ihre Wohnung fühlte sich jetzt sehr gemütlich und weihnachtlich an. Ian hatte sie während ihrer Arbeit dekoriert, indem er weiße Lichter an die Wohnzimmerdecke gehängt und einen kleinen Tischweihnachtsbaum auf den Couchtisch gestellt hatte.

„Öffne zuerst deine!" Sie deutete auf die große Geschenkschachtel auf dem Couchtisch. Sie konnte es nicht abwarten, dass er sie öffnete. Sie wusste einfach, dass Ian ein überlegtes Geschenk zu schätzen wusste.

Er schnappte sich die Schachtel und riss das Papier im Handumdrehen ab. „Es ist ein Händedesinfektionsgerät."

„In der Größe, die für Sicherheitskontrollen zugelassen ist", erklärte sie.

„Ah!" Er zog das Nächste heraus. „Und ein Nackenkissen."

„Zum Schlafen im Flugzeug."

Er holte ein dünnes Metallquadrat heraus. „Und ein kleines Quadrat." Er hielt es fragend in die Höhe.

„Da drin ist ein Tracker, der sich mit einer App synchronisiert, sodass du kein Gepäck oder deinen Laptop vergessen kannst. Ich dachte —"

Er küsste sie. „Es gefällt mir." Seine warmen braunen Augen starrten in ihre. „Ein sehr überlegtes Geschenk. Du wolltest sicherstellen, dass das Fliegen für mich so sicher und komfortabel wie möglich ist."

„Ja!" Sie liebte die Art und Weise, wie er sie wirklich verstand. „Oh, Ian. Ich bin nicht bereit, unsere Zeit zu beenden Es ist das erste Mal, dass wir als Freund und Freundin zusammen waren, und wir brechen morgen auf."

„Ich sehe dich an Weihnachten bei Barry und Amber."

„Ich weiß, aber dann fahre ich zurück nach Chicago. Außerdem werden wir von unseren Familien umgeben sein."

Er schob seine warme Hand an ihren Nacken und drückte, was sie aus irgendeinem Grund antörnte. „Ich bin sicher, dass wir uns für eine kleine Weile wegschleichen können. Außerdem … das Wetter sieht nicht gut aus. Es heißt, ein Schneesturm kommt. Wir könnten hier festsitzen und unser eigenes Weihnachtsfest haben."

„Ohne meine Familie habe ich noch nie Weihnachten gefeiert."

„Wir werden unsere eigene kleine Familie sein."

„Eww. Wir sind nicht verwandt."

Er hob einen Mundwinkel. „Unsere eigene gemütliche Einheit. Vielleicht." Er legte seine Geschenke in einen ordentlichen Stapel auf den Couchtisch. „Wir werden sehen."

Sie musste unwillkürlich einen Schmollmund ziehen. Ian beugte sich vor und knabberte an ihrer vorgeschobenen Unterlippe. Ein heißer Schauer durchfuhr sie.

„Lass mich raten", sagte er, „Dir gefällt die Ungewissheit der Weihnachtssituation nicht."

Sie zog wirklich absolute Dinge vor, obwohl das Leben sie ihr selten gab. „Es ist, als ob du Gedanken lesen kannst. Wie machst du das?"

Er schmunzelte.

„Nein, im Ernst, wie machst du das?"

Er reichte ihr eine Geschenkbox, die in glänzendes rotes Papier gehüllt war. Es war ein perfekter Würfel. „Ich kenne dich, das ist alles. Und einer Sache kannst du dir sicher sein."

Sie lächelte. „Was?"

„Ich werde dich an Weihnachten in jedem Fall nackt machen."

„Du bist so ein Dirty Talker." Sie küsste ihn und knabberte an seiner Unterlippe, wie er es immer bei ihr tat.

Er küsste sie lange und tief. „Und du bist so eine sexy Frau. Öffne jetzt deine Geschenke."

Sie riss das Papier auf, öffnete es und zog einen Kaffeebecher heraus. Es war Rosie, the Riveter, und darauf stand We Can Do It.

„Ich liebe es!", rief sie.

„Es passt zu deinem T-Shirt, und so kannst du dich bei jedem Kaffee daran erinnern –"

„Das ist praktisch den ganzen Tag!"

Er legte eine große Hand auf ihren Oberschenkel. „Dass wir es schaffen können."

Sie hielt inne. „Meinst du, dass wir die Sache mit der Fernbeziehung hinbekommen, oder wir können es tun, du weißt schon, es."

Er legte eine Hand um ihren Nacken, zog sie an sich heran und küsste sie sanft. „Beides." Er reichte ihr eine rosa-weiß gestreifte Geschenktüte.

Sie nahm das Seidenpapier von der Oberseite und zog ein niedliches rosa Kleid mit Spaghettiträgern daraus hervor, mit einem tief geschnittenen Ausschnitt mit Spitze und einem gerüschten Saum mit noch mehr Spitzenbesatz, der an der Mitte ihres Oberschenkels enden würde. „Ian, das ist so schön."

„Probier es an", drängte er.

Sie konnte es kaum erwarten. Es war das schönste und femininste Kleid, das sie je besessen hatte. Sie legte ihre Brille auf den Couchtisch, stand auf, zog sich schnell aus und ließ das Kleid über ihren Kopf fallen. Es war wie eine Wolke.

„Zieh den BH aus", sagte er mit leiser Stimme.

Sie tat es und ließ ihn auf ihren Stapel von Kleidern fallen. Sie drehte sich einmal im Kreis und beobachtete, wie die

Rüschen sich ein wenig hoben. „Ich kann es kaum erwarten, einen Anlass dafür zu haben! Danke dir!"

„Das ist nur für uns", sagte er, indem er seine Hand unter den gerüschten Saum schob und ihn hob, um es ihr zu zeigen. Sie konnte seine Hand deutlich durch den Stoff sehen. Sie hatte nicht gesehen, wie durchsichtig es war, bis er das tat. „Es ist nicht wirklich ein Kleid. Das sind Dessous. Die Verkäuferin nannte es ein Babydoll." Er betrachtete sie von oben bis unten. „So hübsch. Ich liebe dich darin."

Sie setzte sich neben ihn und spielte mit dem Spitzenbesatz am Saum des Babydolls. „Als Kind hatte ich nie etwas in Rosa und definitiv nichts mit Spitze und Rüschen."

„Warum nicht?", fragte er, zog ihr Haarband heraus und strich mit den Fingern durch ihr Haar.

„Meine Mutter wollte nicht, dass ich von Geschlechterstereotypen definiert werde. Sie wollte, dass ich das Gefühl habe, dass ich alles tun kann, was ein Mann tun kann, einschließlich eine herausragende Physikerin zu werden."

„Ich hoffe, dass ich mich nicht wie ein komplett sexistisches Schwein anhöre, aber ich mag dich wirklich in Kleidern."

„Ich mich auch. Solange ich keine Strumpfhose tragen muss."

Er streichelte ihr Bein. „Nackt ist definitiv richtig. Und, das soll keine Beleidigung sein, aber ich denke, deine Mutter ist in die andere Richtung zu weit gegangen. Ich meine, wenn du gerne manchmal mädchenhaft bist, hätte sie dich lassen sollen. "

„Ich hatte immer das Gefühl, dass ich etwas verpasst habe", gestand sie. „Mein ganzes Leben war Wissenschaft. Jedes Mal, wenn ich mir ein Spielzeug oder eine Puppe gewünscht habe, bekam ich ein wissenschaftliches Instrument. Ian, ich habe ein Oszilloskop zu Weihnachten bekommen anstelle einer Emma-Puppe, die wirklich trinken und pinkeln kann."

Er lachte. „Das klingt grässlich. Was ist nochmal ein Oszilloskop?"

„Es misst Spannungen, besonders praktisch bei der Fehlersuche in neu entwickelten Schaltkreisen." Sie neigte den Kopf. „Was klingt schrecklich? Das Oszilloskop oder die Puppe?"

„Beides. Warum wolltest du eine Puppe, die pinkeln kann?"

Sie hob eine Schulter und senkte sie wieder. „Sie schien einfach so lebendig zu sein."

Er streichelte ihre Wange. „Du wolltest ein Geschwisterchen. Eine jüngere Schwester."

Sie nickte. „Amber ist sieben Jahre älter, und sie mochte es nicht, mit mir rumzuhängen, bis ich älter war. Es war irgendwie einsam bei mir zu Hause. Irgendwie so still. Nicht viel Spaß für ein Kind."

„Also hast du dich den Büchern und der Wissenschaft zugewandt."

„Das war die einzige Option für mich", sagte sie. Auf seinen mitleidigen Blick fügte sie hinzu: „Aber es war nicht so schlimm, wirklich, wir hatten eine Menge interessanter Diskussionen über Wissenschaft am Esstisch."

Er legte seine Arme um sie und drückte sie an sich.

Tränen drohten aufzusteigen, und sie blinzelte sie zurück. „Wissenschaft war eine Art Liebe", sagte sie, obwohl sie begann zu erkennen, dass es eine sehr begrenzte Art von Liebe war.

„Ich werde dir die ganze Sache geben", sagte er. „Nicht nur eine Art. Die Art von Liebe, wo man nicht weiß, wo du beginnst und ich anfange."

„Du meinst Sex."

Er stand auf und zog sie mit sich hoch. Dann legte er ihre Arme um seine Taille und schlang seine eigenen Arme um sie „Ich meine wie ein Kreis, in dem man weder das Ende noch den Anfang kennt. Innerhalb dieses Kreises –" Er hielt inne und sah ihr in die Augen „ – repräsentiert durch unsere Arme um uns, stehen du und ich. Und er ist mit bedingungsloser Liebe gefüllt."

Ihr Herz zog sich schmerzhaft zusammen, als sie spürte,

was er ihr bot, während sie gleichzeitig verstand, was ihr gefehlt hatte. Sie nickte, unfähig, über den Kloß in ihrer Kehle etwas zu sagen.

Ohne Vorwarnung hob er sie hoch und trug sie zu Bett. Und dann nahm er sie mit großer Sorgfalt und Zärtlichkeit, die seine Liebe in jeder Berührung, jedem Blick zeigte, bis es nichts im Universum gab außer ihm.

Ian schlich sich am Morgen des Heiligabends vorsichtig aus dem Bett und sah auf sein Handy. Ja! Der Flughafen war geschlossen. Es hatte in der letzten Nacht kräftig geschneit und gestürmt, und sie waren ja gewarnt worden, dass die Möglichkeit bestand. Alle Flüge waren gestrichen, was ihm mehr Zeit mit Kate gab. Er schickte dem Büro eine E-Mail und bat um freie Tage zwischen Weihnachten und Neujahr. Es war fast seine ganze Urlaubszeit, aber es lohnte sich. Dann schickte er seiner Mutter eine Mail, um sie wissen zu lassen, dass er Weihnachten in Chicago bleiben aber anrufen würde. Das war das beste Weihnachtsgeschenk von allen. Er stellte vorsichtig den Wecker aus, schlüpfte zurück ins Bett und zog Kate an seine Seite. Sie legte einen Arm und ein Bein über ihn. Er liebte es, dass sie mittlerweile so daran gewöhnt war, bei ihm zu schlafen, dass sie einfach weiterschlief. Dies war ihr erstes gemeinsames Weihnachtsfest, nur sie beide. Sie hatten bereits gestern Abend Geschenke ausgetauscht, aber das bedeutete nicht, dass sie keinen Spaß haben konnten.

Kurze Zeit später fuhr sie erschrocken hoch. „Wie spät ist es? Ich habe den Wecker gar nicht gehört."

„Ich habe ihn ausgeschaltet. Der Flughafen ist geschlossen. Wir sitzen hier fest." Er küsste sie.

„Wirklich?" Sie blinzelte langsam, während sie sich wieder entspannte. „Wow. Der Schneesturm muss schlimm sein."

„Ja, und der Wind und das Eis." Er zog sie auf sich, und sie legte ihre Wange an sein Herz. Sie sagte oft, dass sie gerne seinem Herzschlag zuhörte. „Unser erstes gemeinsames Weihnachtsfest."

„Ich habe dich letztes Weihnachten gesehen."

„Ich meinte, wir zwei allein."

Sie streichelte ihm die Brust. „Ich möchte kochen. Wir machen ein Feiertagsessen wie zu Hause. Truthahn, Kartoffelpüree, grüne Bohnen, Weihnachtskuchen."

„Und du weißt, wie man all diese Dinge macht?" Sie kochte nicht, soweit er wusste.

Sie hob ihren Kopf, ihre blauen Augen waren wieder schläfrig und unfokussiert. „Ich werde online nachsehen. Wie schwierig kann es schon sein?"

Er spielte mit einer Locke ihrer blonden Haare. Er liebte es, dass er der Einzige war, der jemals ihr Haar ohne Knoten sah, wie es locker und in schönen Wellen über ihre Schultern floss. „Denkst du, wir schaffen es, in diesem Schneesturm Lebensmittel zu bekommen?"

Sie rutschte von ihm hinunter, ging zum Fenster und spähte zwischen den Lamellen der Jalousien auf die weiße Schneewand. Sein Schwanz pulsierte, als er sie nackt dort stehen sah. Er holte ein Kondom aus dem Nachtschränkchen und rollte es sich über. „Komm hier rüber", befahl er.

Sie drehte sich lächelnd um, kletterte sofort auf ihn und nahm ihn auf. Sie wusste, dass dieser Tonfall bedeutete, dass er es ernst meinte. Er packte ihre Hüfte und stieß sie hart auf sich nieder. Sie warf ihren Kopf zurück und stöhnte. Er bewegte sie immer wieder auf und ab, und sie hob ihr Haar und schüttelte es locker und schön aus.

„Ja", sagte er, „Ich liebe deine Haare so."

Sie bewegte sich dann selbstständig, schneller und schneller, bis er das Gefühl hatte, dass er explodieren würde.

„Komm mit mir", drängte er, setzte sich auf und drehte sie so, dass er sie genau an der richtigen Stelle im Inneren streicheln konnte.

Sie schrie und wurde wie wild, wimmerte und bäumte sich auf. Er hielt ihre Hüften fest im Griff, sodass sie mehr nehmen musste, und drängte sie weiter. „Mehr, ja, mehr", sagte er ihr immer wieder, bis sie mit einer langen erschütternden Erlösung kam, die seine eigene auslöste. Er explodierte mit einem heiseren Schrei und hielt sie fest, als das letzte Zittern durch ihn ging.

Er legte sich zurück, und sie ging mit ihm, legte sich auf ihn, beide atmeten heftig.

„Dein Herz pocht ganz kräftig", sagte sie.

Er konnte nicht sprechen.

Sie setzte sich auf, saß immer noch rittlings auf ihm und legte ihre Hand über ihr eigenes Herz. „Meins auch." Sie legte seine Hand auf ihr Herz. „Fühlst du das?"

„Ja." Er riss sie auf sich zurück und legte beide Arme eng um sie. Sie stieß ein Seufzen aus und entspannte sich gegen ihn. Das war alles, was er in dieser Welt brauchte. Eine nackte Kate gegen sich gedrückt. Es war ihm egal, wie schwer es sein würde, diese Fernbeziehungssache durchzuziehen. Wenn er dies am Ende haben könnte, war es alles wert.

Kate hatte keine Ahnung, was sie sich gedacht hatte, als sie sagte, sie sollten ein traditionelles Weihnachtsessen haben. Weder sie noch Ian wusste, wie man kochte. Aber am Weihnachtstag, nachdem der Schnee ein wenig geräumt war, schafften sie es, ein Lebensmittelgeschäft zu finden, das geöffnet war und noch ein paar gefrorene Truthähne übrig hatte. Sie taute den kleinen gefrorenen Truthahn in der Mikrowelle auf, bis er weich schien, und steckte ihn in den Ofen. In der Zwischenzeit machte Ian den Weihnachtskuchen, eine dekadente Schokoladenschicht aus Pudding und Schlagsahne, die er die Hälfte der Zeit über sie verteilt und dann abgeleckt hatte. Er war extrem ablenkend. Als die Ofenuhr für den Truthahn ablief, war sie bereits dreimal gekommen, was für sie bei ihm normal zu sein schien. Nicht, dass sie sich beschwerte, bei keinem anderen Mann hatte sie sich jemals so gut gefühlt wie bei Ian.

Schließlich nahm sie den Truthahn aus dem Ofen und ließ

ihn ruhen, bevor sie ihn, wie das Rezept sagte, tranchieren konnte. Dann stellte sie die grünen Bohnen in die Mikrowelle. Während sie kochten, zerstampfte sie die Kartoffeln, die schon vorher in der Mikrowelle gewesen waren, mit einer großen Gabel und viel Muskelkraft. Ian beendete den Job für sie, weil die Kartoffeln noch nicht sehr gestampft aussahen.

Ian warf einen Blick auf den Truthahn. „Bist du dir sicher, dass er gar ist?"

„Ja, er ist goldbraun, genau wie auf dem Bild."

„Und du meinst, dass er wirklich ganz durch ist?"

„Ich habe kein Bratthermometer. Wackel einfach an der Keule. Das macht meine Mom immer."

Er wackelte daran. „Und was bedeutet das dann?"

„Ich weiß nicht. Mein Vater tranchiert ihn immer, wenn sie daran gewackelt hat."

Er zuckte mit den Schultern und tranchierte den Truthahn. „An dieser Seite ist er irgendwie noch rosa." Er zeigte darauf.

„Also lassen wir diese Seite aus."

Er schnitt die Keulen ab und legte sie auf einen Teller; dann fügte er einige weiße Fleischstücke hinzu.

Sie setzten sich aufs Sofa, und das Festmahl stand vor ihnen auf dem Couchtisch. Sie schaltete den Fernseher mit dem Weihnachtsliedkanal und dem Bild eines Kamins ein. Jetzt fühlte es sich an wie Weihnachten zu Hause, ohne ihre Eltern. Und Barry, Amber und Violet. Himmel, sie vermisste Violet. Dennoch war es festlich. Und zumindest musste sie sich so nicht anhören, wie ihre Mom ihren Dad den ganzen Tag anblaffte, er solle ihr in der Küche helfen, selbst wenn sie immer seine Bemühungen kritisierte und letzten Ende doch alles selbst machte. Sie stellte fest, dass sie auch den Austausch von Geschenkgutscheinen mit ihren Eltern nicht vermisste.

Alles war besser mit Ian, der sie ständig berührte und küsste, außer wenn sie aßen. Selbst dann sahen seine Augen sie immer mit einer erhitzten Zärtlichkeit an. Sie wusste, dass sie Glück hatte, ihn in ihrem Leben zu haben. Sie schaute ihn an, starrte auf den Teller mit Essen auf seinem Schoß und kämpfte darum, die Worte zu finden, um ihm zu sagen, wie sie sich fühlte. „Danke dir!"

Er hob eine Braue. „Wofür?"

„Dass du mich besucht hast." Sie schob sich eine Haarsträhne hinters Ohr, die aus ihrem Knoten gerutscht war. „Und dafür, dass du lange genug geblieben bist, um den Beziehungsteil passieren zu lassen."

„War mir ein Vergnügen", sagte er mit rauer Stimme in ihr Ohr. Er rieb seinen stoppeligen Kiefer über die empfindliche Haut ihres Halses, bevor seine Lippen eine eigene heiße Spur zogen.

Sie stieß einen glücklichen Seufzer aus.

„Wir sollten besser essen, bevor es kalt wird", sagte er. „Du bist mein Dessert."

Ihre Blicke trafen sich, und sie lächelte wie ein Narr. Sie schüttelte den Kopf und nahm eine Portion Kartoffeln und grüne Bohnen und ebenfalls einen Teller auf ihren Schoß.

Ian schnitt in seinen Truthahn. „Herrje, das geht gar nicht." Er nahm einen Bissen und kaute lange Zeit. „Das ist furchtbar. Matschig, zäh und ohne Geschmack." Er zeigte mit seiner Gabel in ihre Richtung. „Du verpasst was."

Sie rümpfte die Nase. „Ich mag Truthahn nicht einmal."

„Warum hast du ihn dann gemacht?"

„Ich wollte dir ein traditionelles Weihnachtsessen machen. Damit du nicht das Gefühl hast, als ob du Weihnachten zu Hause verpasst."

Er neigte seinen Kopf. „Das ist süß, Kate. Danke!"

Sie wurde rot und machte sich über die Kartoffeln her, die immer ihr Favorit waren. Sie waren ziemlich hart, aber sie dachte nicht, dass sie sie noch weiter hätte kochen können, nachdem sie zerstampft waren. Die grünen Bohnen waren okay. Als sie mit dem Essen fertig waren, schlief Ian auf dem Sofa ein.

Leise räumte sie das Essen weg, stellte die Reste in den Kühlschrank und rief zu Hause an. Barry ging ran. „Frohe Weihnachten, Kate! Wir haben dich und Ian wirklich vermisst, aber ich hoffe, dass ihr eine tolle Zeit in Chicagoland habt."

„Haben wir. Wir sind gerade mit dem Abendessen fertig, und jetzt schläft er."

„Hast du ihn mit Truthahn gefüttert?"

„Ja."

„Nach Truthahn schläft er immer ein." Dann sagte er vom Telefon abgewandt: „Es ist Kate." Es folgte ein Rascheln, und dann hörte sie ihre Schwester.

„Hey", sagte Amber. „Frohe Weihnachten!" Und dann kam eine kleine Mädchenstimme: „Fo-e Einach, Tate! Ich hab Lala."

„Frohe Weihnachten, Violet!", rief Kate.

Amber war wieder am Telefon. „Sie meint ihren eigenen Farbkasten. Ich weiß nicht, warum sie ihn Lala nennt. Warum nennst du ihn Lala, Vi?"

„Lala, lala", sagte Violet im Hintergrund.

Amber lachte. „Sie tanzt. Vielleicht meint sie die Musik, die ich spiele, wenn ich male. Wie läuft es mit dir und Ian?"

„Gut. Er schläft jetzt."

„U-uu-uund?"

Sie lächelte und blickte auf Ians schlafende Gestalt. „Jetzt ist es offiziell. Er ist mein Freund. Wir haben einen Zeitplan für die Fernbeziehungsvereinbarung, was sehr zufriedenstellend ist."

„Das ist großartig! Ich weiß, es ist schwer, aber wenn du da draußen fertig bist ... was ist das schon? Nur anderthalb Jahre, richtig? Und dann muss es keine Fernbeziehung mehr sein. Ich hoffe, du kommst wieder an die Ostküste."

Beim Gedanken an die Zukunft durchlief sie ein kribbelndes Unwohlsein. Sie wusste nicht, wo sie sein würde. Es gab eine Reihe von Forschungseinrichtungen, für die sie sich sowohl im In- als auch im Ausland interessierte. Wäre Ian bereit, dorthin zu ziehen, wo sie ihre Karriere hinführte? Oder würde er erwarten, dass sie sich in Boston niederließe, wo er arbeitete?

„Ich weiß nicht", flüsterte sie.

„Nun, mach dir deswegen jetzt keine Sorgen", sagte Amber in einem beruhigenden Tonfall. „Improvisier einfach. Ich bin mir sicher, ihr bekommt das hin. Oh, deine Mom will das Telefon."

Ihre Eltern hatten mehrere Feiertage bei Barry und Amber verbracht, um ihr einziges Enkelkind zu besuchen. „Kate, wir haben dich vermisst", sagte ihre Mom.

„Ich euch auch", antwortete Kate.

„Ist Chicago zufriedenstellend?", fragte ihre Mom.

„Ja. Ich habe Weihnachtsessen gemacht, aber es ist nicht sehr gut gelungen."

„Ich hoffe, du hast dir die Hände gewaschen, nachdem du den Truthahn angefasst hast."

„Hab ich. Ich weiß von Salmonellen."

Es folgte eine Stille, dann hörte sie die Stimme ihres Dads. „Frohe Weihnachten, Kate! Schade, dass du da drüben festsitzt."

„Ja. Frohe Weihnachten auch dir."

„Wie geht es Ian?"

„Ihm geht's gut."

„Ich sehe dich, wenn du wieder nach Hause kommst. Wann ist das?"

„Ich weiß nicht." „Ich lasse es euch wissen, sobald ich es weiß."

„Okay." Deine Mutter und ich werden hier nicht übernachten. Violet ist am Morgen zu ungestüm, also verabschiede ich mich jetzt. Wir müssen los." Ihre Eltern hatten eine zweieinhalbstündige Fahrt von Clover Park, Connecticut, zurück nach Princeton, New Jersey. Beide arbeiteten an der Princeton University.

„Okay", sagte Kate. „Bye."

Er legte auf.

Sie kuschelte sich neben Ian aufs Sofa, und er rührte sich genug, um sie an sich zu ziehen und sich von hinten in Löffelchenstellung an sie zu legen. Es gab einfach keinen besseren Ort, um sich geliebt zu fühlen, als in seinen Armen.

Am Morgen nach Weihnachten wachte Ian auf und fühlte sich elend. Er rannte zum Badezimmer und übergab sich. Zuerst dachte er sich nichts dabei. Letzte Nacht nach seinem kleinen Nickerchen hatten er und Kate Eggnog gemacht. Sie hatte einen Drink gehabt und war sofort beschwipst gewesen. Er versuchte den Eggnog, fand ihn widerlich und wechselte zu Bourbon. Mehr als er gewohnt war. Also dachte er, es sei genau das. Aber das üble Gefühl ging nicht weg, und dann kam er gar nicht mehr von der Toilette herunter. Den ganzen Tag kam es oben und unten wieder raus. Es war schrecklich.

Er war so krank, und Kate blieb auf Distanz. Zwischen den Toilettengängen dachte er mit etwas Wehmut, dass sie die schlechteste Krankenschwester der Welt sei. Er würde wahrscheinlich in diesem Badezimmer sterben, und sie würde es nicht wissen, weil sie an ihrem Laptop im Wohnzimmer saß, um irgendeine dumme Physik-Gleichung aufzuholen, die ihr Interesse geweckt hatte.

Er brach im Bett zusammen, als die Sonne unterging, und schleppte den Abfalleimer vom Bad mit sich, falls er sich übergeben musste, bevor er es zurück ins Badezimmer schaffen konnte. „Wasser", krächzte er.

Keine Antwort.

„Kate!"

Sie tauchte in der Tür auf. „Was?"

„Kannst du mir etwas Wasser holen?"

Sie drehte sich um und ging. Dann kam sie zurück, reichte ihm das Glas Wasser und ging. Er nahm einen Schluck. Dann noch einen. Ein paar Minuten später gab er alles wieder von sich. Verdammt. Er würde hier wirklich sterben, während Kate nebenan saß und völlig ahnungslos über sein Leiden war. Eine Stunde später kam sie zurück und bot ihm ein Stück gefrorene Pizza an, die sie aufgewärmt hatte. Bei dem Geruch wurde ihm übel, und er lehnte ab.

Stunden später fühlte er sich zu schwach, um auch nur

nach ihr zu rufen. Er nahm sich sein Handy vom Nachttisch und rief sie an. „Komm bitte her", sagte er.

Sie tauchte in der Tür auf. „Was?"

„Ich kann nichts bei mir behalten", krächzte er. „Nicht einmal das Wasser. Ich muss wohl ins Krankenhaus."

„Vermutlich bloß die Grippe. Warte mal ein paar Tage ab. Ich werde im Wohnzimmer schlafen."

Er fiel in einen tiefen Schlaf. Mitten in der Nacht wachte er wieder mit Übelkeit auf. Es musste der Truthahn gewesen sein, dachte er schwach. Lebensmittelvergiftung. Er hatte ihn gegessen. Kate nicht. Am nächsten Morgen war er immer noch krank und so schwach. Seine Bauchmuskeln brachten ihn um, sie verkrampften sich so schmerzhaft. Er hatte nichts mehr in sich, konnte aber nicht aufhören, zur Toilette zu laufen.

Kate stellte ein Glas Wasser auf den Nachttisch und sah ihm zu, wie er elend im Bett lag. „Ich bin mir sicher, dir wird es bis morgen besser gehen."

Sie ging. Er nippte am Wasser, und wenige Augenblicke später kam alles wieder hoch.

Er rief Kate über sein Handy an. „Ich brauche einen Arzt. Es wird nicht besser."

Sie tauchte in der Tür auf. „Bist du dir sicher?"

Sie hatte ihn nicht berührt, seit er krank geworden war. Er war sich ziemlich sicher, dass er unter ihrer Aufsicht sterben würde. „Ich kann nichts bei mir behalten, nicht einmal Wasser."

Sie runzelte die Stirn. „Der einzige Arzt, den ich kenne, ist Christopher, und der ist in Wisconsin, um Weihnachten mit seiner Familie zu verbringen."

„Nicht zu ihm. Es muss doch einen Arzt in Chicago geben, der mir etwas geben kann, um das hier zu stoppen."

„Hattest du eine Grippeschutzimpfung? Die solltest du dir jedes Jahr geben lassen."

„Nein, ich habe keine Grippeschutzimpfung bekommen", sagte er zwischen seinen Zähnen.

Sie sah ihn besorgt an. „Und ich bin mir nicht sicher, ob mir jetzt eine helfen würde."

Die Übelkeit kam wieder hoch, sein Magen verkrampfte sich, und er rannte erneut ins Bad. Das war Folter. Lange schreckliche Stunden später, nach einem weiteren Gang zur Toilette, wusch er sich die Hände und machte einen zittrigen Schritt in Richtung Schlafzimmer.

Es war Nacht, und er hoffte nur, dass er bis zum Morgen durchschlafen konnte. Er war so erschöpft. Er machte einen weiteren unsicheren Schritt, der Raum drehte sich, und dann fiel er, und die Welt wurde schwarz.

8

Kate hörte kurz nach ihrem Abendessen mit übriggebliebener Pizza einen dumpfen Schlag aus dem Schlafzimmer und fand Ian auf dem Boden liegend. Sie schob so kräftig sie konnte, um ihn herumzurollen. „Ian, wach auf!", schrie sie, als Panik durch sie raste. „Wach auf!"

Er antwortete nicht. Sie schlug einige Male auf seine Wange. Er war kalt und klamm. Mit zitternden Händen nahm sie ihr Handy und rief 911 an. Sie wusste, dass sie ihn nicht heben konnte, um ihn ins Auto zu bringen. Die Sanitäter trafen ein: Zwei Männer – einer groß, einer klein – und eine Frau. Der große Mann mittleren Alters mit schütter werdendem braunem Haar und einem sachlichen Ausdruck, schien die Verantwortung zu haben. Sie erzählte ihnen, was geschehen war, und dass sie dachte, es sei die Grippe. Sie überprüften Ians Vitalparameter, seine Herzfrequenz war hoch, und dann hoben sie ihn auf eine Trage und schnallten ihn an.

„Und er ist zwei Tage lang so krank gewesen?", fragte der verantwortliche Sanitäter.

„Ja", brachte sie erstickt hervor. Ian sah auf der Trage so schwach und hilflos aus. Er wirkte so schrecklich elend.

„Er ist stark dehydriert. Sie hätten früher anrufen sollen. Das kann gefährlich sein."

Sie sah zu, wie sie Ian in den Krankenwagen brachten, und stieg hinter ihm ein.

Ian öffnete die Augen. „Was ist denn passiert?"

„Sie bringen dich ins Krankenhaus", sagte sie ihm.

Seine Augen fielen wieder zu. Der Krankenwagen raste in Richtung Krankenhaus, und sie konnte nichts anderes tun, als Ian anzustarren, der so kalt und still dort lag wie der Tod. Der Sanitäter stellte ihm eine Frage zu seiner Krankengeschichte, und er antwortete nicht.

Sie warf sich auf ihn. „Du darfst nicht sterben! Ich liebe dich, ich liebe dich, ich liebe dich."

Ein Schluchzen entwich ihr. Und dann noch eins, und dann konnte sie nicht aufhören, unkontrolliert zu schluchzen und die dünne Decke auf ihm zu durchtränken.

Ians Hand legte sich auf ihren Hinterkopf. „Hey", krächzte er.

Und dann zogen starke Arme sie weg. Sie kämpfte gegen den Sanitäter, der sie wegzog, aber er war zu stark. Sie stellten Ian Fragen und legten ihn an die Infusion. Sobald das erledigt war, wandte sie sich ihm wieder zu, aber er driftete erneut in Bewusstlosigkeit. Sie konnte nicht aufhören zu weinen, ein tiefes, keuchendes Geräusch, und zwischendurch schnappte sie nach Luft.

„Beruhigen Sie sich", sagte der Sanitäter, der nicht das Sagen hatte, ihr immer wieder. „Es wird ihm gut gehen."

Sie glaubte ihm nicht. Nicht, bis Ian bei Bewusstsein blieb. Nicht, bis er wieder da war und mit ihr redete. Er kam immer wieder für kurze Zeit zu Bewusstsein und murmelte gelegentlich etwas, was sie nicht verstehen konnte. Schließlich kamen sie am Krankenhaus an.

„Sind Sie seine Frau?", fragte der zuständige Sanitäter.

Sie schniefte. „Nein, ich bin seine Freundin."

„Sie müssen im Wartezimmer warten. Jemand wird kommen, um Sie zu holen."

Die Türen der Ambulanz öffneten sich, und sie beobachtete, wie sie Ian wegbrachten. Sie folgte ihnen, stolperte dahin, bis sie in den Warteraum kam, wo er durch die Türen verschwand. Sie schlug sich eine Hand vor den Mund und kämpfte mit einem weiteren unkontrollierbaren Schluchzen, dann rutschte sie die Wand hinunter zum Boden und brach in Tränen aus. Eine Krankenschwester kam und brachte sie auf einen Stuhl. Wie hatte er so schnell so krank werden können? Sie hatte die Grippe online nachgeschaut, und dort hieß es, dass sie von selbst wegginge. Sie stand auf und ging mehrere Minuten lang auf und ab und behielt die Tür im Auge, um etwas Neues von ihm zu hören. Dann konnte sie es nicht mehr aushalten und machte sich auf die Suche nach ihm.

„Hey!", sagte eine Krankenschwester, als sie an ihr vorbeirannte.

„Ich bin seine Frau!"

Nachdem sie durch mehrere Vorhänge gelinst hatte, fand sie ihn in einem der Betten der Notaufnahme, wo er bewusstlos und allein lag. Sie schaute auf sein freundliches Gesicht, jetzt eingefallen und blass, das Gesicht, das sie liebte, und brach wieder zusammen. Sie kletterte auf das Krankenhausbett, umarmte ihn fest und schluchzte an seiner Brust. „Ian, bitte wach auf. Ich liebe dich so sehr. So, so sehr. Bitte nicht sterben. Ich liebe dich, ich liebe dich, Ich liebe dich."

„Kate." Seine Stimme grollte in seiner Brust.

Ihr Kopf zuckte hoch. „Ian! Du lebst."

„Ja. Was ist passiert?"

„Du bist zusammengebrochen. Wir sind im Krankenhaus und warten auf die Rückkehr des Arztes, denke ich. Ich liebe dich so sehr."

Er befeuchtete seine Lippen und versuchte zu lächeln. „Das habe ich gehört. Ich liebe dich auch. Ich habe solchen Durst. Meine Lippen sind trocken."

Sie riss den Vorhang zurück. „Er braucht Wasser!"

Eine Krankenschwester mit kurzgeschnittenem braunem Haar nickte und kam mit einem Krug Wasser herüber. „Nur kleine Schlucke."

„Es tut mir so leid, dass du so krank geworden bist", sagte sie.

Ian nahm einen kleinen Schluck Wasser, und die Krankenschwester ging. „Ich glaube, es war der Truthahn."

„Nicht die Grippe?"

„Nein, weil einem bei der nicht schlecht ist. Und du hast keinen Truthahn gegessen."

Sie warf ihre Arme um ihn. „Oh mein Gott, das ist alles meine Schuld. Ich und mein dummes Weihnachtsessen. Das tut mir so leid."

Ian schob sie weg. „Mir ist immer noch übel."

Kate sprang in Aktion und stellte sich mitten in die Notaufnahme. „Wir brauchen einen Arzt! Er hat zwei Tage lang eine Lebensmittelvergiftung gehabt! Jemand muss sich um ihn kümmern!"

„Ein Arzt wird in Kürze bei Ihnen sein", sagte die Krankenschwester, die ihnen zuvor geholfen hatte. Die Frau ging zu Ians Bett und schaute sich seine Werte an. „Man hat schon nach ihm gesehen. Sie haben ihm etwas gegeben, um das Erbrechen zu stoppen, und ein Arzt wird kommen, sobald einer verfügbar ist."

Die Frau warf Kate einen betonten Blick zu. „Bitte beruhigen Sie sich. Die Notaufnahme ist heute sehr voll."

Kate sah sich im Raum nach einem Arzt um. Die Krankenschwester ging zum nächsten Patienten.

„Ah, Kate", sagte Ian.

Sie eilte zurück an seine Seite. „Was?"

„Könntest du aufhören zu brüllen und bei mir bleiben?"

„Ich versuche doch, dir zu helfen."

„Ich war so wütend auf dich, weil du mich ignoriert hast, als ich krank war."

Ihre Brauen schossen in die Höhe. „Aber ich habe dir Essen und Wasser gegeben. Das haben meine Eltern immer getan, wenn ich krank war."

„Sie haben dich mit einem Becher Wasser allein gelassen?"

„Ja. Man soll sich von der kranken Person fernhalten, damit man sich nicht ansteckt und es an andere weitergibt."

„Himmel! Du hattest Glück, dass du nie richtig krank geworden bist."

Sie dachte darüber nach. „Ich habe nie viel erwischt. Ich habe nicht viel Zeit mit den anderen Kindern in der Schule verbracht. Ich habe meistens gelernt." Sie biss sich auf die Lippe, und frische Tränen traten ihr in die Augen. „Es tut mir leid. Ich habe es vermasselt. Ich wusste nicht, was ich machen soll. Es tut mir so leid."

Er atmete einmal tief ein. „Wenn ich das hier überlebe, schreibe ich dir Anweisungen auf. Wie man sich um jemanden kümmert, der krank ist."

Sie setzte sich an seine Seite, dankbar für sein Verständnis. „Vielen Dank, Ian."

„Gern geschehen", murmelte er.

„Ich liebe dich so sehr."

„Sag das nur weiter. Ich fühle mich ein wenig besser dadurch. Meine Bauchmuskeln schmerzen so schlimm." Er legte seine Hand auf seinen Bauch.

„Ich liebe dich", sagte sie. Dann verließ sie ihn, stellte sich mitten in die Notaufnahme und verkündete mit klarer Stimme: „Ich brauche dringend einen Arzt. Mein Mann quält sich furchtbar, und es muss aufhören." Als sie keinen Arzt sah, der zur Rettung eilte, schrie sie aus vollem Hals: „Wo ist ein Arzt, wenn man einen braucht?"

Schließlich erschien eine Ärztin mit einem Klemmbrett. „Senken Sie Ihre Stimme", blaffte die Frau. „Wir sind extrem beschäftigt, haben viele Patienten und wenig Personal."

Kate zeigte auf Ian, der der Ärztin schwach zuwinkte.

Einige Stunden später wurde Ian entlassen. Die Infusion hatte ihn genug hydratisiert, dass sie das Gefühl hatten, ihn in die Obhut seiner Frau zurückgehen lassen zu können. „Warum hast du gesagt, du wärst meine Frau?", fragte er, sobald sie sich auf dem Rücksitz eines Taxis niedergelassen hatten und zurück zu ihrer Wohnung fuhren.

„Weil sie mich nicht zu dir gelassen hätten, wenn wir nicht verheiratet wären."

Er hielt ihre Hand. „Denkst du, eines Tages werden wir es sein?"

„Ich weiß nicht." Sie hatte keine Ahnung, was die

Zukunft bringen würde, aber im Moment musste sie einige wichtige Informationen von ihm bekommen. Sie holte einen Bleistift und einen Notizblock aus ihrer Handtasche. Die hatte sie immer griffbereit, falls ihr ein Gedanke außerhalb des Büros kam. „Und jetzt sag mir genau, was von jemandem erwartet wird, der sich um einen sich erholenden Patienten kümmert. Neben den Anweisungen des Arztes, Ruhe und kleine Schlucke Wasser und Gatorade." Sie wiederholte die Anweisungen des Arztes, um sicherzustellen, dass Ian wusste, dass er jetzt in guten Händen war. „Was sonst?"

„Nummer eins. Reib mir die Füße."

Kate schrieb das auf. „Weil die Füße mit dem Kreislaufsystem verbunden sind. Hab's."

„Nummer zwei. Füttere mich mit Trauben."

Sie schrieb das auf. „Bist du dir sicher? Vielleicht etwas Milderes, wie Reis."

„Okay, füttere mich mit Reis. Nummer drei. Bleib jederzeit nackt."

Sie hielt inne und schaute ihn zum ersten Mal an. Er grinste. „Ian! Ich brauche richtige Anweisungen. Du wirst nicht wieder im Krankenhaus enden!"

„Das wird helfen." Er zeigte auf ihren Notizblock. „Schreib es auf."

„Das wird es nicht."

„Sag es mir noch einmal." Er sah sie mit warmem Blick an, und sie wusste, was er wollte.

„Ich liebe dich."

„Schreib dir das für die Nummer vier auf. Und ich liebe dich auch."

Sie schrieb das auf. „Das ist die Nummer drei. Die ursprüngliche Drei war eine falsche Information."

„Nummer fünf", sagte er und wartete, bis sie ihn ansah. Dann machte er eine obszöne Geste mit ihrem Mund auf sich.

Sie nahm ihren Bleistift herunter. „Jetzt weiß ich, dass es dir besser geht."

„Das haben wir nicht dir zu verdanken."

„Es tut mir leid. Deswegen schreibe ich ja auch die Anweisungen auf."

„Die wirkliche Nummer fünf. Den Patienten berühren. Seine Hand halten, ihn umarmen, Haare streicheln. Alles."

Sie hielt inne. „Was meinst du, alles? Sei konkret."

„Okay, halte meine Hand und frag mich, ob ich Essen oder Wasser möchte. Biete nicht jemandem, der sich gerade die Seele aus dem Leib kotzt, Pizza an. Trockenen Toast."

Sie schrieb so schnell sie konnte. „Essen oder Wasser. Verstanden. Keine Pizza. Toast empfohlen."

Ian lehnte seinen Kopf zurück an den Sitz. „Du kannst froh sein, dass ich dich so sehr liebe."

„Ich weiß." Sie warf den Notizblock und den Bleistift zurück in ihre Handtasche und legte ihre Arme um ihn.

Er küsste ihre Haare. „Ist dir klar, dass du mich gerade zum ersten Mal umarmt hast?"

„Ich habe dich ganz oft umarmt, als ich dachte, du wärst tot."

„Das ist beruhigend."

„Gern geschehen."

Er lachte und hielt sich dann mit einem leisen Stöhnen den Bauch.

~

Kate bediente Ian noch drei Tage von vorne bis hinten und folgte seinen Anweisungen ganz genau. Sie wusste, dass er sich besser fühlte, als er mit einem Augenzwinkern vorschlug, dass die Fußmassage besser funktionieren würde, wenn ihre Hände etwa einen Meter höher wären. Bis zum Silvesterabend hatte sich Ian vollständig erholt, und sie konnten das neue Jahr stilvoll einläuten. Ian überraschte sie mit einem lila Tutu.

„Wann hast du das gekauft?", rief sie.

„Als du letzte Woche bei der Arbeit warst. Ich hatte gehofft, dass der Schneesturm käme und wir Neujahr zusammen feiern könnten. Jetzt kannst du um Mitternacht Cinderella sein."

Sie starrte auf das Tutu. Es war nicht gerade ein Ballkleid. Sie kam sich ein wenig dumm vor.

„Zieh es an!", sagte er. „Das ist Teil meiner Genesung."

„Dir geht es doch schon besser."

Er schnappte sie an der Gürtelschlaufe ihrer Jeans und zog sie ihr herunter. Sie schlüpfte in das Tutu. Dann zog er ihren weiten Pullover aus. „Das passt", sagte er.

Plötzlich erkannte sie, warum er gewollt hatte, dass sie heute ihr violettes BH-und-Höschen-Set trug. Sie trug normalerweise schlichtes Weiß, hatte aber gelegentlich ein paar verschiedene Farbsets, wenn sie das andere Geschlecht ansprechen wollte. Er nahm ihre Hand und drehte sie herum. Das Tutu wirbelte um sie herum.

„Oh!", rief sie. Sie fühlte sich so leicht, fast verwandelt in eine hübsche Ballerina.

Er lachte. „Das nächste Mal kaufe ich dir eine Tiara dazu."

„Sei nicht albern", meinte sie und drehte sich erneut im Kreis.

„Warte, du brauchst Musik." Er fand den zweiten Marsch von Tschaikowskys *Nussknacker* auf seinem iPhone und spielte ihn ab. Sie hatte in ihrem Leben noch nie Ballett getanzt, aber sie drehte sich und drehte sich wie eine Ballerina. Ian kam gelegentlich dazu, half ihr dabei herumzuwirbeln und senkte sie über seinen Arm, was sie wahnsinnig kichern ließ.

„Happy New Year, Kate", sagte er, als das Lied endete.

„Happy New Year", sagte sie und legte ihre Arme um seinen Hals.

„Auf das erste von vielen gemeinsamen", sagte er.

„Ja." Sie strahlte. „Ich liebe dich."

Seine braunen Augen glänzten, was ihre Kehle eng werden ließ. „Ich liebe dich auch."

Später sahen sie, wie das neue Jahr rund um den Globus eingeläutet wurde, während sie ihn mit Trauben fütterte. Ian bestand darauf, dass sie mit Champagner feierten, der köstlich war, und machte sie so lüstern, dass sie es nicht einmal ins Schlafzimmer schafften, bevor sie ihn zu ihrer eigenen explosiven Neujahrsfeier unter sich hatte. Nie in ihrem Leben hatte Kate sich so glücklich gefühlt.

Aber der Spaß war nur zwei Tage später vorbei, als Ian nach Hause fliegen musste.

Kate fuhr Ian zum Flughafen und sagte sich, es sei nicht wirklich ein Lebewohl. Dennoch war es nach ihren intensiven zwei Wochen zusammen schwer loszulassen. Sie fuhr zum Abflug an den Bordstein.

Ian wandte sich ihr zu und streichelte ihre Wange. „Das ist nicht das Ende, Kate."

Sie blinzelte rasch. „Ich weiß. Wir werden unser GBAEIT haben."

„Unser was?"

Sie verdrehte die Augen. „Unser Glücklich-bis-ans-Ende-ihrer-Tage!"

Er grinste. „Das hör ich gern."

Sein Lächeln ließ sie sich ein wenig besser fühlen. „Ich mich auch. Das ist mehr unser GAHT."

„Glücklich aber habe Tage?"

Sie stieß einen Atem aus. „Glücklich am heutigen Tag."

„Ich bin glücklich." Er beugte sich vor und küsste sie. „Ich liebe dich."

„Ich liebe dich auch." Die Worte kamen ihr jetzt überraschend leicht. Vielleicht brauchte es nur die richtige Person, um sie aus ihr zu locken. Sie atmete den Duft des warmen Ian und sein holziges, zitroniges Parfum ein und versuchte, die Erinnerung daran für später festzuhalten.

„Ruf mich heute Abend für den geplanten Telefonsex an", sagte Ian mit einem vielsagenden Blick. Es war Sonntagabend, nicht Freitagabend, wie sie zuvor besprochen hatten, aber sie verstand, dass es sich um besondere Umstände handelte.

„Ist bereits in meinem Kalender." Sie schenkte ihm ein verträumtes Lächeln und fügte hinzu: „Wir werden es beim ersten Mal mit Bild tun. Ich trage mein Babydoll, und du trägst nichts. Das wird hilfreich sein."

Seine große Hand legte sich an ihren Nacken, und er küsste sie erneut.

„Du bist eine zehn Komma fünf", sagte sie.

Er lächelte, seine Stirn berührte ihre. „Und du bist jenseits aller Werte."

„Oh, Ian. So etwas gibt es nicht. Du kannst den Datenbereich jederzeit erweitern. Und wenn du genau sein willst —"

Er küsste sie, lang und tief, und ihr Gehirn schaltete ab und hatte erneut einen Kurzschluss. Nur Ian konnte das mit einem Kuss bewirken.

Er sah sie zärtlich an und zog sich dann zurück. „Bis bald."

„Bye", brachte sie erstickt hervor.

Sie sah ihm hinterher und fuhr dann in ihrem Kombi nach Hause, dankbar und so glücklich, dass sie einen Mann gefunden hatte, der sie wirklich verstand. Mehr als jemals jemand es getan hatte, sogar ihre Familie. Sie entschied sich dann und dort, eine große Überraschung für ihn zu planen. Er überraschte sie immer wieder, was bedeutete, dass er Überraschungen mögen musste. Das war es, was Beziehungen ausmachte, ein Geben und Nehmen und Überlegen, was die andere Person glücklich machen könnte. Sie summte „Auld lang Syne" und wusste, dass sie sich bald wieder treffen würden.

Verpassen Sie nicht das nächste Buch in dieser Serie, *Beinahe frisch verheiratet*!

Nach einer sehr befriedigenden Fernbeziehung (nach ihrer sehr öffentlichen Beziehung in Beinahe romantisch) sind Kate Lewis und Ian Furnukle sich einig, dass es an der Zeit ist, zu heiraten.

Nur, dass ihre Jobs Tausende von Meilen voneinander entfernt sind.

Und ihr Zusammenleben auf Probe verlief nicht so gut.

Und einer von ihnen hat kalte Füße.

Doch das ist nichts, was wahre Liebe (und explosive Chemie) nicht überwinden kann. Wenn Liebe nur eine Wissenschaft wäre!

Erhalten Sie die neuesten Nachrichten zuerst in Kylies Newsletter! kyliegilmore.com/DEnewsletter

WEITERE BÜCHER VON KYLIE GILMORE

Liebe von der Leine gelassen Serie << Heiße romantische Komödien mit Hunden!
Fetching – Deutsche Ausgabe (Buch 1)
Dashing – Deutsche Ausgabe (Buch 2)
Sporting – Deutsche Ausgabe (Buch 3)
Toying – Deutsche Ausgabe (Buch 4)
Blazing – Deutsche Ausgabe (Buch 5)

Die Clover Park Reihe << Brüder, für die die Familie an erster Stelle steht!
Das Gegenteil von wild (Buch 1)
Daisy schafft alles (Buch 2)
In den Falschen verguckt (Buch 3)
Ein Weihnachtsmann zum Küssen (Buch 4)
Vermieter küsst man nicht (Buch 5)
Nicht mein Romeo (Buch 6)
Bring mich auf Touren (Buch 7)
Clover Park Braut (Buch 7.5)
Gewagte Verlobung (Buch 8)
Retter in der Not (Buch 9)
Eine verführerische Freundschaft (Buch 10)
Ein Geschenk zum Valentinstag (Buch 11)

Raus aus der Tretmühle (Buch 12)

Die Happy End Buchclub Reihe << Wenn die Campbell-Familie und ein Buchclub für Liebesromane aufeinanderstoßen …

Hollywood Inkognito (Buch 1)
Ärger im Anzug (Buch 2)
Gewagtes Spiel (Buch 3)
Förmliche Vereinbarung (Buch 4)
Wenn der Bad Boy keiner ist (Buch 5)
Ein Störenfried zum Verlieben (Buch 6)
Schicksalsbegegnungen (Buch 7)
Eine Romantische Chance (Buch 8)
Ein sündhafter Flirt (Buch 9)
Ein unbequemer Plan (Buch 10)
Eine Happy End Hochzeit (Buch 11)

Die Rourkes Reihe << Prinzen, bei denen man ins Schwärmen gerät, und ebenso fantastische Prinzessinnen

Königlicher Fang (Buch 1)
Königlicher Hottie (Buch 2)
Königlicher Darling (Buch 3)
Königlicher Charmeur (Buch 4)
Königlicher Playboy (Buch 5)
Königlicher Spieler (Buch 6)
Abtrünniger Prinz (Buch 7)
Abtrünniger Gentleman (Buch 8)
Abtrünniges Schlitzohr (Buch 9)
Abtrünniger Engel (Buch 10)
Abtrünniger Fratz (Buch 11)
Abtrünniger Beschützer (Buch 12)

Die Clover Park Charmeure Serie <<süße und sexy Charmeure!

Beinahe drüber weg (Buch 1)
Beinahe zusammen (Buch 2)
Beinahe Schicksal (Buch 3)

Beinahe verliebt (Buch 4)
Beinahe romantisch (Buch 5)
Beinahe frisch verheiratet (Buch 6)

Sehen Sie sich auf meiner Website die aktuelle Liste meiner Bücher an: https://www.kyliegilmore.com/deutsch/

ÜBER DIE AUTORIN

Kylie Gilmore ist die USA Today Bestsellerautorin der Happy End Buchclub Serie, der Clover Park Serie, der Clover Park Charmeure Serie, der Rourke Serie und Liebe von der Leine gelassen Serie. Sie schreibt unterhaltsame Romanzen, die die LeserInnen zum Lachen und zum Weinen bringen und zu einem Glas Eiswasser greifen lassen.

Kylie lebt mit ihrer Familie, zwei Katzen und einem verrückten Hund in New York. Wenn sie nicht gerade schreibt, Kinder bändigt oder bei Autorenkonferenzen pflicht-bewusst Notizen macht, findet man sie beim Stretching – bis ganz nach oben ins oberste Regal, um dort ihren geheimen Schokoladenvorrat zu erreichen.

Melden Sie sich für Kylies Newsletter an, damit Sie keine ihrer Neuerscheinungen verpassen. https://www.kyliegilmore.com/DEnewsletter

Mehr finden Sie auf Kylies Website https://www.kyliegilmore.com/deutsch/